U0080955

飛小說。
We Love
Easyfly.

少女騎士の
華爾滋圓舞曲

蒲賽里德

殿騎士聯盟的現任管理者。
腹黑花心貴公子，成天到處招蜂引蝶，
出場時身邊總是圍著一大堆女生。會給人起肉麻的綽號。
講話老不正經。喜歡調戲莫西．塔塔跟夏憐歌。
（自稱）是個對女生非常溫柔的紳士。

Knight of Rose
Episode Two

莫西・塔塔
天才少年教師。夏憐歌這級學生的輔導員。同時也是她的好友。天然呆。對曾經救過自己的儲君十秋念念不忘，一直想成為其效忠的騎士。對著蒲賽里德很容易炸毛。喜歡甜點，特別是哈密瓜口味的。
萬聖血族
攻擊帕蘭特斯帝國交換生的危險人物。穿著黑紅色斗篷。戴著銀製的猙獰的半邊面具，僅露出嘴唇和下顎。右手上戴著一個紋有銀鶴的黑色手套。頸上戴著一個鍍銀的小雞吊墜。

The Necklace and
the Halloween Vampire.

項鍊與萬聖吸血鬼

The Necklace and the Halloween Vampire.

The Necklace and the Halloween Vampire

Episode Two
項鍊與萬聖吸血鬼

A Preamble

靠近歐洲大陸西北部海岸，隔著北海、多佛爾海峽和英吉利海峽，與歐洲大陸相望的島國，被稱為新英倫，建立在主要領土外海、但仍屬於新英倫領土的群島——奧克尼群島上的貴族都市是全球最大的學院，被稱為「新英倫上的亞特蘭提斯」。

它的建校歷史已經長達一百零七年，一直以來只接受貴族或者擁有優良基因的混血兒在此定居。不過，近年來也開始批准業績卓越的普通人——如技術高端的科技人員或經濟實力強大的企業家申請移民，以及允許擁有成為此等優秀人才潛力的普通學生入讀。其學院規模之龐大與優越的科技設施可媲美一個首級大城市，並且有自己完善的經濟體系，因此這所學院也被稱為The Empire of Rose。

這就是有幸通過高難度入學考試的我將要入讀的超級貴族學校——薔薇帝國學院。

01

項鍊 夏招夜 埃里的寶石

夏憐歌無語的看著眼前滿臉得意的蘭薩特。「……你來這裡幹嘛？這裡可是哥哥的房間！」

彷彿聽到什麼可笑的事情一般，蘭薩特不屑的冷哼一聲，「別搞笑了夏憐歌，這不是理所當然的嗎？妳可別忘了妳現在的身分啊，我的『專屬騎士』夏憐歌。」

Eric's Colored Gemstone.

學院裡鬧得人心惶惶的幽靈少女事件，暫時就這樣子落下了帷幕。

雖然還有一大堆疑點沒搞清楚，但兩位儲君已經被接連而來的活動與事務搞得手忙腳亂，也無暇去顧及其他了。

九月結束前的一星期，身為輔導員的莫西送來了這個月的管理事項總結、開支，以及一些活動專案和安排，蘭薩特翻閱了一下，在其中一項上停住了目光。

「十月下旬帕蘭特斯的交換留學生要來？怎麼之前沒聽說？」

十秋扶了扶眼鏡，頭也沒抬，依然神情專注的盯著PC螢幕，手指滾動滑鼠。「我提過了，是你自己沒在記吧。」

「是這樣嗎？」

「就是這樣。」說著，十秋終於從遊戲裡抽出身來，走到蘭薩特身邊，又從那一堆文件裡捏出一張紙放在蘭薩特面前敲了敲，「而且，這次交換生所帶來的專屬於帕蘭特斯帝國王女的

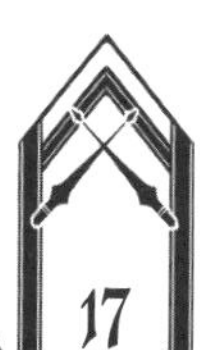

珍貴項鍊——『布里辛克』，將在萬聖節舞會上展出。這是出展項鍊的條件與允請書。」

「布里辛克」是傳說中北歐女神弗蕾亞的、世界上最美項鍊的名字，能用到這樣的名字，不用想也知道這條項鍊必定價值連城。

金髮少年皺著眉頭瞥了那張允請書一眼，從椅子上直起身，「我拒絕。不過只是一次交流學習，為什麼我們非得展出那條項鍊不可？帕蘭特斯帝國是想以此來向我炫耀什麼嗎？」

「你上次去帕蘭特斯帝國當交換生時，不也把那顆叫『波塞冬』的海神之淚藍寶石拿到人家百年校慶上炫耀展覽嗎？還巡迴呢。」十秋朔月調侃道。

蘭薩特一下子被噎到沒詞了。他氣鼓鼓的還想再說些什麼，扶了扶眼鏡的十秋立刻又補了一句：「而且這關係到兩個帝國學院之間的外交關係，你這樣子拒絕不太好吧？」

身體僵了那麼一瞬，半晌，蘭薩特才不情不願的拿起筆，在允請書上簽下了自己的名字。

「算了，看在你為它說情的分上，我就勉為其難答應吧。」

◇　◇　◇

九月開學，在十月中旬就有一個綜合成績評估測試。雖然聽名字就覺得難度應該會很高，不過夏憐歌也沒想到居然會難到讓她絕望，成績出來後自然免不了被那兩人一番嘲諷——

「這種成績啊，我真懷疑妳是怎麼考進來的……」十秋朔月扶正了眼鏡這麼說。

蘭薩特唉聲嘆氣：「身為儲君的騎士，雖然樣子本來就不太夠看，但妳也不要自暴自棄到連內涵修養都忽略掉。」

「夠了！你們以為我樂意嗎！」夏憐歌拿起成績統計手冊就甩了出去。「我也想問為什麼會有『說明簡諧振動的疊加週期過程』這類我根本連讀都讀不懂的試題，這真的是高一生的試卷嗎？」

十秋微勾起脣角露出了幾分鄙夷。「不管怎麼說，這樣下去妳會被殿騎士聯盟凍結騎士資格的。」

「欸？」

資格凍結？意思是不用……再跟在自戀狂旁邊聽他任意使喚什麼的？是這樣嗎？

在那一瞬間，夏憐歌興奮的幾乎想要大叫，然而十秋接下來的一句話卻直接將她從天堂摔至萬丈深淵——

「會因被判予不符合騎士身分，而被人帶到連我們都不知道座標的小島上，接受騎士資格訓練，尤其是妳這種根本沒有ESP的平凡人啊。」

不就是成績跟不上嗎？為……為什麼我還得為了這個人而接受那種根本沒必要存在的生存威脅啊！夏憐歌在心裡吶喊。

這時候蘭薩特豎起一根手指，雲淡風輕的說道：「妳還是接受一下補習吧？」

夏憐歌警戒全開。「誰幫我補啊？」

「我。」

「滾！」

夏憐歌狠狠的吼了回去，撿起成績手冊甩門出了事務廳。事後才覺得自己的行為有點衝動，因為除了蘭薩特和十秋，她在學院裡認識的人根本不多，數盡了就那麼幾個。

一個是常清。

這個人選首當其衝被pass。先不說常清成績如何，夏憐歌一點也不想和這種武力值高到似乎隨時會暴走的人靠太近。

第二個是蒲賽里德。

……即便愛麗絲事件已經解決了，但是去跟這種整天被女生簇擁、被她們一句一個溫柔細膩綿軟入骨的「蒲賽里德大人」、「蒲賽里德大人」叫個不停的少女殺手請教功課，夏憐歌也覺得這跟去送死沒差別。

剩下的就是被稱為「天才少年教師」的美少年輔導員莫西．塔塔了。

夏憐歌心想，就只能去找他了……

於是從事務廳出來打算了一番，夏憐歌就跑到一年級的教師辦公室裡去找人。

「麻煩幫我叫一下莫西……」

走出教師辦公室門口的是個捧著一疊作業本的長直髮少女。她一見到夏憐歌，就用傲慢的眼神上下掃視了她一番後，尖細的下巴翹得高高的。

「妳不就是那個蹭了點幸運，結果當了蘭薩特閣下騎士的那個夏什麼？」

「憐歌。」夏憐歌已經異常習慣被人待之以這種鄙夷態度，故淡定非常。

「哼。」這人從鼻孔噴出兩道氣。「還自報名字，得意什麼？儲君的候選騎士裡隨便撈個女生都比妳優秀呢。」

混蛋我只是來找莫西而已，妳卻在那裡前一句儲君後一句騎士直接間接的對我表示鄙夷，難道是午飯吃得太飽了沒地方嘔氣嗎？

但是夏憐歌不想在這種地方惹麻煩，畢竟辦公室裡還有一些老師在。理智戰勝了個人立場，夏憐歌把話全部嚥回肚子裡，笑吟吟的道：「是，那妳能告訴我莫西在哪裡了嗎？」

直髮少女露出了不滿的神情。「居然直呼老師的名字，真是一點教養都沒有。」

……是莫西允許我直接叫他名字的啊！妳想怎樣！

壓著想拿辦公椅朝她臉上掄個十幾回合的衝動，夏憐歌的嘴角有些抽搐。「是，莫西老師在哪裡？」

「莫西老師可是很忙的，十月的節日活動快到了，身為輔導員的他要負責協助活動策劃安排，這幾天他都不會來上課。」

經直髮少女一提醒，夏憐歌這才想起來，輔導員也是有挺多事情要做的——雖然平時完全看不出來莫西有領導才能……但是這麼忙還去找他，恐怕也不太好？

十月的節日……應該是萬聖節了。十月的最後一天是傳說中的百鬼狂歡夜，理所當然應該有萬聖前夜的豪華宴會。

夏憐歌無視眼前的直髮少女用高傲的語氣詢問自己「妳這人找莫西老師做什麼」，兀自思考。這時，校內廣播忽然響起，剛開始大概是在測試音量，不一會兒便傳來了莫西清朗的聲音，一副故作正經的模樣。「啊，咳，各位，我是輔導員莫西．塔塔。以下……要宣讀個、讀個活動簡訊……」

書本翻頁聲。

「學院每年一度的萬聖節活動大家期待很久了吧，十二天後我們將會舉辦一場盛大的萬聖節化妝舞會。」

「但是不同於往時，這次的化妝舞會裝扮，是以學院集體抽籤的形式決定，我們會將隨機抽取的結果送到學院裡的詢問處，只要你們攜帶自己的校徽到詢問處確定抽籤結果，就可以到萬聖節校園特定服務處領取服飾。此次活動不受身分限制，即使是儲君，亦會列入本次活動的抽籤範圍……」

……不是吧？還限定裝扮？要是我被抽到扮演科學怪人，那要叫我怎麼辦啊！有沒有好好顧及一下別人嬌嫩的少女情懷啊混蛋！

「對了，本次抽籤，還會在所有學生中任意選出一位，來當任本次活動的吉祥物，有學院特別提供的吉祥物服飾裝扮哦！並且還會有其他帝國的交換生來充當舞會的神秘嘉賓，是不是很期待呢？」

夏憐歌繼續在心中吶喊：壓根就一點都不期待，活動策劃到底是誰做的啊？快點抓去人道毀滅！還有神秘嘉賓，這又是什麼鬼東西？

「各位不要擔心，抽籤結果是絕對公正的。」

喂，真的嗎……？

「好了，現在開始抽籤。十五分鐘後，各位就可以到詢問處查詢抽籤結果。這十二天請大家好好的為萬聖節做準備吧！」

廣播到這裡就結束了。

夏憐歌心想……他就是為了這種東西忙到不可開交嗎？

◇　◇　◇

學院內的非人工詢問處是類似櫃員機或者電話亭一樣無所不在的東西。

它不但可以供學生查詢島上地圖、交通線路、天氣預報等資訊，只要放入校徽讀取，也可以查詢到學生自己的個人文件、學院資格、宿舍地址、班級、課程安排甚至成績單這類繁雜項目，算是相當人性化又方便的設施。

夏憐歌也不知道自己究竟該抱著什麼心態去查詢萬聖節的抽籤結果，不過她也不期望能抽得太好，只要不要抽得太難看就行了。

出來的結果是弗蘭肯斯坦。

夏憐歌捏著列印出來的籤紙愣在那裡。

等等，弗蘭肯斯坦……那、那不就是科學怪人嗎！

為什麼還真的是科學怪人啊混蛋！就算她的運氣一向爛到了連衰神碰見都要迴避的地步，也不應該抽到這麼畸形的角色啊！科學怪人究竟哪點符合少女的美學了！

聽著身邊一個女生興奮的大叫著：「啊啊！我抽中的是黑天鵝公主耶！」夏憐歌就忍不住想像自己拿著AK步槍上街掃射報復社會的場景，但接下來一聲「為什麼我抽到木乃伊！」立刻讓她的內心稍微平衡了一點。

好吧……至少倒楣的不止她一個人不是嗎？

這麼想著的時候，校內的廣播突然又毫無預警的響起。剛才還在熱烈討論著自己角色的莘莘學子紛紛停下來，像盯著什麼無價珍寶般齊齊看向懸在高處的喇叭。

「啊……怎麼那麼麻煩。」紙張互相摩擦發出嚓嚓的聲響，莫西似乎正在抱怨著些什麼，直至身旁有人輕咳了一聲，他好像才意識到自己的聲音已經透過廣播傳遍了整座學院，連忙擺出正經的語氣。

「啊，嗯，我想各位同學都已經知道自己所扮演的角色了吧？是不是覺得很驚喜呢？接下來要公布本次萬聖節舞會吉祥物，是由全校學生名單裡無差別抽籤出來的，這位幸運學員的名字是──」然後是莫西興奮激動的翻頁聲，聲調高揚：「──莫西．塔……」

原本還在感嘆著自己悲哀命運的夏憐歌一下子豎起了耳朵。

廣播頓時發出尖銳的詫異驚叫聲：「欸————？！」

完全不理自己是輔導員的身分並且正在為全學院廣播，莫西隨手抓住身邊一人就吼：「等一下，為什麼會是我？」而在下一秒，廣播室裡頭的莫西似乎又突然見到什麼駭人的東西一樣大叫起來：「等一下！為什麼會是你啊！」

……你在搞什麼啊莫西老師？夏憐歌覺得眼角有些抽搐。

「啊呀莫西老師，看到我是不是很高興呢？」罪魁禍首的聲音透過廣播傳了出來。

「身為教師的我根本就沒有參加這次活動好嗎！為什麼我會抽到吉祥物裝扮啊！而且你究竟是從哪裡進來的啊混蛋！」廣播那邊莫西已經忍不住開始暴走。

「其實我自己也有點失望呢，原本還以為你會抽到純真美麗的茱麗葉，而我會是那守候在你窗下的羅密歐——」蒲賽里德的聲音怎麼聽怎麼惋惜。

「夠了！你給我滾！滾啊——這抽籤結果真的是公正的嗎！根本全都是你搞的鬼吧混帳蒲

賽里德——」

「絕對公正是輔導員你說的哦，殿騎士聯盟可是沒發表任何宣言。」

「你所謂騎士的榮光是用來燉肉的嗎蒲賽里德！」

情緒似乎已經暴走到邊緣，也不知道是不是因為莫西抓狂過度而掀翻了什麼東西，反正廣播在那一剎那像是燒壞的機器般發出巨大的「喀哏——」聲，接著便什麼聲音也沒有了。

整個學院則因為這場鬧劇而安靜了下來。

這是什麼情況?連宣揚「抽籤結果絕對公正」的美少年輔導員莫西．塔塔，都被強權勢力的蒲賽里德以非正規手段壓下了嗎？

廣播會議就這樣子以「美少年輔導員暴走摔壞廣播儀器」為結果落了幕。

夏憐歌一臉苦大仇深的模樣杵在原地咬牙切齒，她那史詩一般任重道遠並且悲劇無比的人生還沒有完結。

身邊的女生們又開始竊竊私語：「說起來，妳們知道嗎？聽說這一次的萬聖節舞會，還會有一位從外校來的交換生充當神秘嘉賓唷。」

「聽說就是帕蘭特斯帝國的王女哦！好期待呢！」

……王女又怎樣啊？難道她還能開著直升機飛來這裡撒鈔票嗎？

夏憐歌握緊手中那張寫著「弗蘭肯斯坦」的籤紙悲憤不已。

◇　◇　◇

午休的時候，夏憐歌閒得無聊，決定濫用職權跑到儲君專用的事務廳小睡一陣。

剛踏上教學樓頂層走到一半，她就聽見蘭薩特那帶著警惕與冷峻的聲音：「你是誰？」

欸……欸？

夏憐歌不由自主的放慢了腳步。結果下一秒，事務廳裡又傳來了什麼東西被風颳倒的劇烈響聲，接著是十秋那略帶不滿的怒吼：「住手常清！沒有我的命令你別亂來！」

然後又是一陣寂靜，常清那隻野獸大概已經被十秋牽制住了。

夏憐歌有些摸不著頭緒了，裡面究竟發生了什麼事……

就這樣，在僵硬的氛圍裡沉默了半晌，另一個溫柔卻帶著些疑惑的聲音從裡面傳出，狠狠的撞擊著夏憐歌的耳膜——

「蘭薩特閣下、十秋閣下，你們……不認識我了嗎？」

那一瞬間，夏憐歌幾乎以為這只是自己的幻聽。

這個聲音，這個她深深記掛了兩年的聲音……

夏憐歌緊緊的捂住嘴巴，硬是不讓眼淚落下來。

招夜哥哥！

這幾個字剛浮現出腦海，夏憐歌已經加快步伐往事務廳裡衝了過去。激動的腳步聲讓所有人的視線都轉移到她身上來，夏憐歌氣喘吁吁的佇在門口，大喊出聲：「招夜哥哥——！」

事務廳裡那張看起來價格不菲的淺棕色三人沙發已經四腳朝天的翻在一邊，上面甚至出現了一條猙獰可怖的長長裂痕，十秋看了看那張沙發露出了一臉胃疼的表情。站在十秋旁邊的常清手裡拿著一把泛起寒氣的大刀，宛若盯住獵物的蛇一般，惡狠狠的瞪向前方。

穿著黑制服的少年立在這幾個人中間，蹙著眉有些不知所措，但在看見夏憐歌時又頃刻揚起嘴角，「妳來啦，憐憐。」

烏髮漆黑依舊，笑容溫潤如初。

真的是……真的是招夜哥哥……

夏憐歌張開雙臂朝少年的懷裡撲了過去，眼淚再也抑制不住，如同清泉一樣簌簌而下。

「嗚嗚……哥哥……哥哥……」

這兩年裡你都去了哪？為什麼會一點音訊都沒有？

一堆疑問梗在心頭，然而此時夏憐歌卻什麼都問不出來，只是像個初生的嬰兒般緊緊拉住夏招夜的衣領，埋著頭嚶嚶哭泣著。

看到這情形，一旁的蘭薩特卻露出了古怪的神色。「夏……招夜？兩年前失蹤的……？」

少年伸手輕輕揩去了懷中少女的淚水，沒有回覆蘭薩特的話，倒是夏憐歌忽然猛的抬起頭來，雖然仍舊是一副又哭又笑的狼狽模樣，但卻是第一次真正對蘭薩特露出了感激萬分的目光。「雖……雖然不知道你是怎麼辦到的……但真的非常感謝你幫我把哥哥找回來！蘭薩特閣下！」

一下子被她見外的態度弄得拘謹起來，不知為何，蘭薩特有些忿忿的別過臉去。「我又沒做什麼，一到事務廳就看見他站在這裡了。」

「不管怎樣……只要哥哥能回來就好了……只要哥哥……」說著說著，夏憐歌又開始哽咽，連語氣都帶上了厚厚的鼻音。

就在這時，一直在旁邊釋放殺氣的常清突然喊了一句：「他不是……」像是努力的回想了很久，幾秒之後才又接著說下去：「不是夏招夜！」

一句話，讓原本就不怎麼活絡的氣氛瞬間降到了冰點。

「欸……」夏招夜笑得有點無奈。

而他懷裡的夏憐歌整張臉都漲得通紅，雙手緊緊拉住黑髮少年的手臂，似乎怕他再次消失掉一樣。她轉過頭像隻護主的小狗凶巴巴的瞪著常清。「你憑什麼這樣子說！這學院裡的人不是都已經忘記了哥哥嗎！你也不例外吧！」

「反正他不是夏招夜。」常清拿著刀往前一劃，瞳孔瞬間如覓到食物的獵豹一樣縮了起來。「這人身上的氣味……跟愛麗絲很像。」

夏憐歌一滯，反應過來時聲音已經不自覺的提高了八度：「少胡說八道了！你什麼意思啊！」

氣味跟愛麗絲很像什麼的……愛麗絲是幽靈，難不成你想說哥哥也是……

想到這裡，夏憐歌慌張的晃了晃腦袋，抓住夏招夜的手緊了又緊，最後頭也不回，就這樣拉著夏招夜氣沖沖的跑了出去。

夏招夜跌跌撞撞的回過頭來，剛做出個「抱歉」的手勢，就已經隨著少女急促的步伐消失在眾人的視線裡。

蘭薩特的目光沉了沉。「你說的是真的嗎，常清？」

常清在十秋肅殺的眼光中硬是壓抑住自己想要追上去的衝動，收起武器，有些不滿的皺了皺鼻子。「別小看了我的嗅覺。」

「你應該說『別小看了你的直覺』。」十秋扶了扶眼鏡，沉默了一會兒，又將目光投到蘭

薩特身上。「你覺得，一個在失蹤了兩年之後，毫無徵兆就突然出現的人，他的話到底有多少可信度？」

什麼意思嘛！那些人真是的！好不容易找到哥哥了，他們卻一點都不為自己高興！

拉著夏招夜來到教學樓附近的一家冷飲店，夏憐歌無精打采的用吸管攪拌著高腳杯裡的果汁，越想越生氣，到了最後幾乎都要把整個杯子打翻了。

「太過分了！他們憑什麼用那種態度對待哥哥！」也不理會眾人的目光，夏憐歌啪的一聲就把手重重的拍在桌子上。

看著氣鼓鼓的夏憐歌，對面的少年有些寵溺的笑了起來。「這也沒辦法啊，他們都把我忘了呢。」

夏憐歌的動作瞬間僵了起來，語氣裡帶上了一絲淺淺的低落：「這兩年裡，哥哥你究竟去了哪啊……」

「嗯……我也不太清楚呢，感覺就好像被外星人捉去了一樣。」夏招夜伸出手揉了揉夏憐歌的頭髮，笑容依然是淡淡的。「能回來不就好了嗎？」

「……也是啦。」雖然仍舊不滿的嘟著嘴，但感受著少年溫柔的輕撫，夏憐歌的語氣也不自覺的柔和了下來。

只是不知為何……心裡似乎悄悄湧起了一絲怪異的感覺。

她不禁偷偷瞥了一眼夏招夜，對方的微笑由始至終都帶著些許無可奈何的寵愛，但卻絲毫找不到悲傷的神情。

從哥哥剛才的反應來看，他應該是認識蘭薩特和十秋的，但是被自己的朋友忘記了，他卻完全不會感到傷心嗎……

而且，也不知道是不是因為剛才常清的那一番話，夏憐歌總覺得少年對自己的態度好像有點不一樣了。以前的哥哥雖然也是非常溫柔，但給人感覺是一個堅定又有主見的人，可是現在的哥哥……該怎麼說呢，溫柔裡更多的是帶了一絲莫名的小心翼翼……？

她咬了咬下唇，搖搖頭把躍出腦海的念頭甩掉。看到她這副樣子，夏招夜有些擔心的站起來，前俯過身子，將手按在她的額頭上。

「怎麼了憐憐，生病了嗎？」

「沒……沒有啦！」不知為何，夏憐歌突然被他這個過於親密的舉動嚇了一跳，一下子往椅背撞了過去。

男生的動作霎時僵住了，原本炯炯的目光一點點的黯淡了下來。

看著夏招夜那張流露出失落神情的臉，夏憐歌簡直恨不得甩做出剛才那種異樣的條件反射的自己一巴掌了。她急忙坐正了身子，緊緊的握住夏招夜想要收回去的手，結結巴巴的解釋道：「不……不是那樣的，我因為太久沒見哥哥了所以有點……對、對了！你看！」

腦海裡靈光一閃，她趕緊將掛在脖子上的六芒星項鍊拿起來給對方看。「哥哥你看！你送給我的項鍊我一直都戴著哦！你……」

眼神游移在夏招夜潔白空蕩的脖頸間，原本喋喋不休的夏憐歌瞬間收住了聲音。

他的項間……什麼東西都沒有。

夏憐歌壓低了聲音，看著對方漆黑如夜的雙瞳，有些勉強的笑了起來。「哥哥你……為什麼把它摘下了呢？」

她指了指自己的脖子。

「摘下？」因為她的動作，夏招夜也不自覺的摸了摸自己的頸項。「摘下什麼？」

簡單的幾個字像熄滅的火焰，讓夏憐歌的心涼了半截。

她又想起常清剛才的話：這人不是夏招夜。

這句話彷彿是被施了魔法的咒語，將她心中的不安再次挑了起來。

是啊……如果是哥哥的話，他怎麼會忘記那麼重要的東西呢？

但是，如果這個長得跟哥哥一模一樣的人不是夏招夜，那他又能是誰？

對面的少年擔憂的看著她。「憐憐？」

「沒事……」夏憐歌低下了腦袋，聲音漸漸的消失了。

◇　◇　◇

夏招夜的事情暫時就被這樣擱到了一邊，每個人心裡都抱著不同的想法，但大家都沒再當面說出來。

蘭薩特幫他安排了臨時住所，夏憐歌也每天都跟他膩在一起，美其名曰「要把過去兩年的時光都補回來」，搞得蘭薩特不知為何一天到晚都對他們擺著一張晚娘臉。

「說起來，哥哥你也會去參加萬聖節舞會吧？你抽到什麼角色呢？」夏憐歌挽住笑容溫文的少年，一臉喜孜孜的樣子。

經過了幾天的相處，她對眼前這個少年的疑慮漸漸的少了。畢竟他的動作神態都和記憶中的哥哥一模一樣，而一些連她自己都忘了的小時候的瑣事，對方也記得一清二楚，如果不是哥哥的話，又怎麼會知道自己那麼多事情呢？而且假裝成夏招夜陪在自己身邊，對他也沒有好處呀，或許那個東西，真的只是哥哥不小心弄丟了而已……

就連之前抽到科學怪人裝扮的不快也被她拋諸腦後。夏憐歌越想越興奮，如果是跟哥哥在一起的話，別說科學怪人了，就算讓她扮演噁心的食屍鬼她也心甘情願啊！

夏招夜還沒來得及開口，一旁的蘭薩特立刻探頭把話語權截了過去：「啊，夏招夜的出現是在意料之外，之前的抽籤活動並沒有準備他的角色。」

夏憐歌無語的看著眼前滿臉得意的蘭薩特。「……你來這裡幹嘛？」

「這不是理所當然的嗎？妳可別忘了妳現在的身分啊，我的專屬騎士夏憐歌。」似乎因為她的提問有些惱怒，蘭薩特特意在「專屬騎士」這幾個字上咬下了重音。

夏憐歌終於受不了了，站起身來指著他的鼻子大喊：「可這裡是哥哥的房間！身為儲君你好意思這樣子私闖民宅嗎！」

「私闖？民宅？」彷彿聽到什麼可笑的事情一般，蘭薩特不屑的冷哼一聲，「別搞笑了夏憐歌，我是這座學院的主人，這裡的每一寸土地以及駐紮於土地上的一切，全是我的東西，你們現在所處的地方也不例外。」

說著，他又看了一眼夏招夜，逕自拿起擺在桌上的蘋果毫無顧慮的咬了起來。「而且妳以為這個房間是誰幫妳哥哥安排的？我愛到哪就到哪，妳沒有約束我的資格。」

「你……！」夏憐歌氣結，直想抓起椅子就往他那張囂張跋扈的臉上砸過去。

死人蘭薩特！你的風度呢！你的優雅呢！你的貴族風範全都扔海裡餵鯊魚了嗎！不對啊你

壓根就沒有過那種東西！奢望你能拿出一點氣質的我一開始就是錯的啊！

兩人對視的目光裡閃電啪滋啪滋的響，被擠在中間的夏招夜有些無奈的笑了笑。他拍拍夏憐歌的手，將她的怒火壓了下來。「嘛嘛……其實我對百鬼夜遊也是挺感興趣的，我可以跟憐憐一起去參加舞會嗎？」

「當然可以啊！」原本還一臉想咬人的夏憐歌立刻換上一雙星星眼，看著自家兄長的眼神彷彿融進了蜜糖一樣。

咬進嘴裡的果肉突然變得跟鉛一樣難以下嚥，蘭薩特不易察覺的蹙了蹙眉，用力將手上的蘋果咬得喀嚓喀嚓響。

「真不好意思啊，學院裡已經沒有多餘的服裝可以提供給妳哥哥了。」他說得雲淡風輕。

夏憐歌皺起鼻子朝他吐了吐舌頭：「誰要你們提供啊！我可以幫哥哥做！」

一句話把蘭薩特堵得啞口無言，過了好一會兒他才硬是擠出一絲輕蔑的冷笑：「就妳那種

手藝？我可以期待妳別做出一張放大了十倍的抹布出來嗎？」

「哼，走著瞧。」夏憐歌像個贏了一場彈珠比賽的小孩子一樣，朝蘭薩特揚起了頭，驀的又一臉溫順的往夏招夜那邊靠了過去。「那麼事不宜遲，我們下午就去購買材料吧，哥哥！」

◇　◇　◇

夏憐歌把目的地鎖定在島嶼東面的都夏區。

那裡幾乎彙聚了島上所有的娛樂設施和休閒場所，商場、餐廳、酒店、劇院等等應有盡有，甚至有世界知名的大企業將總部扎根於此。寬敞又曲折的大路與天橋交織得宛如一張密密麻麻的大網，將都夏區覆蓋得嚴實，有如一個紙醉金迷的大都會。

再往裡面深入，區內又按照各式各樣的建築風格劃分為數十個小區域。幾乎每過幾天，這

邊就會舉辦一些大大小小的活動或者慶典，無論何時到這裡來，都能看到一幅歌舞昇平的繁華景象。

不過，其實夏憐歌也不喜歡太過吵鬧的地方，她這次的目標是都夏區角落一個歐洲小鎮風格的建築群，那邊沒有林立的高樓和寬闊的大道，入目所見都是白牆紅瓦的小房子，有點彎曲的街道上鋪滿了奶白色的磚，偶爾飄來的麵包香味令人垂涎欲滴，再往下走一點，就能看到一片碧藍的海洋。

為了迎接即將到來的萬聖節，小鎮也早早擺出了各式各樣營造氣氛的小裝飾，到處都是表情各異、憨狀可掬的南瓜，倒是為這個平和的小鎮增添了幾分可愛的氣息。

「……即便你時時刻刻注視著少女，她也無法發現你的目光，即使你每日每夜為她唱響讚歌，她也不能聽見你的聲音。你只能駐足於沉入深海的船骸裡，守望她等候愛人歸家的身影，看她在時間的流逝中寂寞的老去——你覺得怎樣呢招夜哥哥？這種默默守護著自己所愛之人的亡靈海盜的設定超棒的吧！」

夏憐歌一邊抱著夏招夜的手臂走著，一邊像個郊遊的小孩子一樣，嘰嘰喳喳的說個不停。少年也任由她拉著自己走，溫柔似水的笑容彷彿是專為她而生的。

「妳喜歡就好，憐憐。」

話音剛落，背後猛的傳來一個惹人生厭的聲音：「所以在『亡靈海盜』前面那一堆亂七八糟的設定是幹什麼用的？妳以為妳是在寫愛情小說嗎？再說了，『亡靈海盜』這種角色，怎麼聽都覺得不吉利──」

「蘭──薩──特──！」

夏憐歌身後飄啊飄啊的粉紅泡泡瞬間化成了隆隆作響的火山，要不是現在哥哥就在自己身邊，她真想一腳就往蘭薩特的膝蓋上踹過去，這種只會破壞少女夢想的傢伙趕緊抓去凌遲啦！

蘭薩特雙手插口袋，一臉無所謂的移開了目光，反正夏憐歌下一句話八成就是「你為什麼會在這裡」或者「你幹嘛跟著我們」，他正等著對方的出擊，接著就用在夏招夜房間裡說的那番話堵回去，然後再看夏憐歌那一副氣急敗壞的模樣——

果不其然，原本還親親密密黏著兄長的夏憐歌一下子竄到他面前來，像隻露出獠牙的小野貓般張牙舞爪著。「你幹嘛又跟著我們啊！」

哼，不出所料。

蘭薩特在心裡得意的揚起了眉，像這種幼稚的初級招式，他只要——

「成天這樣子無所事事，你這儲君難道就當得一點都不慚愧嗎！」

……唔！沒想到居然出現了意料之外的攻擊！

蘭薩特 HP-500，血條一下子就紅了。

金髮少年一言不發，臉上的表情卻跟幻燈片一樣變來變去，本來還怒髮衝冠的夏憐歌看見他這副樣子，氣勢不知為何瞬間軟了一大截，她皺起了眉，小心翼翼的問了句：「喂……你、你沒事吧？」

蘭薩特這才回過神來。意識到自己剛才失態的舉動，他有些彆扭的別過了腦袋。「沒，最近看朔月玩遊戲看得太多了。」

……這又關十秋什麼事？

夏憐歌狐疑的看著對方，說起來這傢伙最近的舉動都很不對勁呢……難道是生病了嗎？哎呀，不過這個總是一臉囂張的混世大魔王，實在想像不出他生起病來是什麼樣子。

夏憐歌撇撇嘴，下了不再搭理他的決定之後，便換上幸福的表情往夏招夜身上靠過去。

蘭薩特皺起了眉。十月並不耀眼的陽光此時卻像一隻豎起尖刺的刺蝟，將他的皮膚扎得火辣辣，他有些焦躁的握了握拳，心中那股莫名的不快越發強烈。

……就好像自己心愛的玩具被人搶走了的那種不快感。

三個鐘頭之前，總是沉溺在奇怪遊戲裡的十秋朔月放下電腦，難得主動挑起了話題：「彼方，你身體不舒服嗎？」

「嗯。」蘭薩特無精打采的窩在沙發裡，手上捏著幾張正在審批的文件，可是他一點看下去的心思都沒有。

「胸口又熱又悶，好像堵了一塊發燙的石頭，可是過不了多久又變得空蕩蕩的，感覺石頭被人搬走了，但那裡還是少了些什麼……明明不是價值連城的寶物，可那東西一旦不在了，整個人就不知為何感到特別不舒服。」他說著，聲音驀的提高了八度，「說起來紅茶都冷掉了，夏憐歌呢？快點幫我換過一——」

坐在他旁邊的十秋露出了了然於心的神情，他摸了摸腿上的筆電，鄭重其事的點了點頭，認真的說：「嗯，我明白，這跟我嫁女兒時的心情一模一樣。」

「……不，我覺得不一樣，你那種養成game——」

「當我看到我亭亭玉立的Momo挽著那男人的手棄我而去的背影時——我的心痛得就好像有人以高我一枚硬幣的價格，拍走了我渴望已久的極品裝備一樣。」十秋握成拳的手靠在胸前，垂下腦袋一臉痛心疾首的模樣。

「朔月……」被他那副情場職場皆失意的樣子感染到，蘭薩特差點一手提著啤酒、一手按住他的肩膀使勁鼓勵：「站起來！不要被這種小事打倒！」可是在沉默了良久之後，他終於還是稍稍的扭過頭，「有時候我總覺得我理解不了你的世界……」

「簡單點來說，」下一秒十秋立刻恢復以往那副泰山崩於前而色不變的表情，語氣不鹹不淡：「這種心情叫做嫉妒。」

原本還在對十秋那迅速的變臉感到無言，結果在聽到他話中的「嫉妒」時，蘭薩特一下子炸了開來：「蛤？我嫉妒誰？夏招夜嗎？他有什麼好讓我嫉——」

「夏憐歌剛才去找夏招夜了。」十秋事不關己的打斷他的話，慢悠悠的重新打開了電腦。

剎那間，彷彿晴空裡一道響雷劈了過來，蘭薩特的表情千變萬化，他忽然站起身子。「可惡！那個擅離職守的傢伙！看我不把她抓回來泡一百杯紅茶！」

在看到十秋望過來的目光時，他又瞬間僵直了身體，磨磨蹭蹭的舉起手來靠近脣邊假咳了幾聲：「唔……咳，管理好座下的騎士是身為儲君的我的責任……嗯，朔月，我出去一下。」

話音剛落，蘭薩特便抓起沙發上的外套，轉身急沖沖的往外走，結果還沒走出幾步又猛的回過頭來，指著十秋大吼：「不准笑！」

「我沒笑。」十秋一臉波瀾不驚的目送他。

蘭薩特漲紅了臉，撇過腦袋哼了一聲，緊跟著便像隻追擊獵物的豹子，三兩步往事務廳的門口趕了出去。

「說起海盜嘛，最先想到的當然就是各式各樣的珠寶啦！」一臉興奮的拉著夏招夜的夏憐

歌已經越走越遠。

蘭薩特被夏憐歌這句話拉回了思緒，不禁在他們身後咳了一聲：「要買珠寶的話，我倒是有一個好去處。」

夏憐歌頓住了腳步，轉過頭來滿是懷疑的望向他。「……什麼意思？」

那微微揚起的眼角在此時的蘭薩特看來，竟帶上了一絲似有若無的蔑視。

蘭薩特有些不悅。「怎麼，妳這是在質疑我？」

「……我哪敢啊大少爺！是說我根本買不起真正的寶石，原本也只是想用便宜的玻璃製品當一下裝飾而已啊！你為什麼要跟我推薦購置珠寶的好去處啦！」

原本想這樣子解釋，可是蘭薩特那種高高在上的態度又莫名的讓人火大，夏憐歌乾脆順著對方的誤解，叉腰哈哈大笑起來：「哼，我倒是要看看你介紹的地方是不是真的有配得上我哥哥的寶石！」

蘭薩特那原本就不怎麼明朗的臉色一下子陰了，但他也沒說什麼，只是頂著一股可以將夏憐歌輾壓個百來遍的低氣壓走上前去，為兩人帶路。

蘭薩特的目的地是位於街角一家不起眼的普通小店，名字叫做「埃里和他的夥伴們」。很難得的，這裡並沒有任何奢華耀眼的裝飾，推開門的時候只有古樸的暖黃燈光與木香撲面而來。

店裡的空間並不算太大，木質的櫃檯之後有一扇被珠簾掩起的門，只是裡面黑漆漆的，什麼都看不到。櫃檯前則擺著一張典雅的木桌子，上面還點了盞雲霧繚繞的薰香。牆壁被棕紅色的木板隔成十多個整齊的格子，每一格裡都墊著柔軟的絲綢或棉絮，形形色色的寶石躺在那裡，有如一個個被簇擁其中的新生嬰兒。

這裡跟外面的歐式小鎮風格並不搭調，給人一種神秘莫測的感覺，即便是突然從櫃檯後的門裡走出一隻尖耳的優雅妖精，夏憐歌也不會感到驚奇。

她站在牆壁前轉來轉去，看著那些躺在格子裡的寶石發出了低聲的讚嘆：「嗚哇……都很值錢吧，這些東西？」說著便伸出手想去觸碰，卻因擔心弄壞它們而悻悻的收回手來。

蘭薩特一臉得意的坐在木桌旁的椅子上，似乎非常滿意她的反應。「那是當然，只不過這些寶石的價值並不在它們的質地或稀少度，而是貴重在承寄於它們之上的『故事』。」

「『故事』？」夏憐歌不明所以，轉過頭來望向他。

「這裡的老闆——他就叫埃里，是個偏執狂。」蘭薩特輕輕的笑著，自顧自的拿起桌上的茶葉泡了起來。「凡是放在他店裡出售的寶石，必須得有一個讓他滿意的『故事』。然後他每天都待在店裡跟寶石聊天，聽它們講自己的『故事』，給它們取個拗口的名字，為它們物色滿意的主人。」

「——真是個瘋子，還好現在他正巧出門尋找新的『故事』而不在店裡，要不然我可受不了他那種把寶石當人、把人當空氣的態度。」說著，蘭薩特像是想到了什麼不愉快的事情般撇

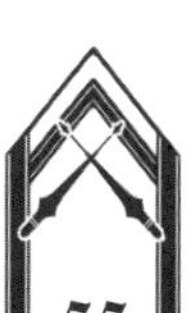

撇嘴。

「等等，你剛才說……」夏憐歌有些不敢置信的看了格子裡的寶石一眼，突然像碰到恐怖的東西般彈了開來。「跟……跟……跟寶石聊天？」

寶石們都成精了嗎？

「快停止妳無聊的妄想。」蘭薩特一下子就看穿她的心思。「埃里擁有與物品交談的ESP能力，只要他願意，別說是寶石，他可以和任何物品聊天，前提是那些物品必須擁有感情。」

「物品也會有感情？」夏憐歌露出了不信任的目光。

「只要擁有足夠悠久的歷史，無論是什麼東西，大都會衍伸出靈魂來。」蘭薩特吹了吹茶杯裡冒出的熱氣，不屑的瞥了夏憐歌一眼。「說到底，妳也是一個再平凡不過的人啊，難怪不知道這些常識。」

……這算哪門子常識啊！而且別說得好像擁有這種能力的人是你一樣！

夏憐歌在心裡惡狠狠的踩了對方幾腳。回過神來才想起自己好像忘了些什麼，盯著那些泛著冷光的寶石好一會兒，才發覺自從踏進這家店以來，她對哥哥的關注已經完全被這些小巧卻又沉重的珠寶吸引了過去。

心裡湧起了一陣莫名的愧疚感，她回過頭去，正好瞧見一言不發的夏招夜背對著她立於店裡的一角，琥珀色的燈光順著他的肩胛流瀉而下，好似少年的存在僅僅只是光影投射出來的錯覺。夏憐歌驀的有些不安，她像隻兔子般小心翼翼的走上前去，輕輕喚了一聲：「哥哥？」

夏招夜並沒有回答，他的表情被朦朧的光霧掩埋起來，夏憐歌只能看見他隱隱的勾起了唇角，可她卻分辨不出那是欣喜還是落寞。

半晌，夏招夜輕聲嘆出一口氣來，那彷彿停滯住的時間就這樣被激盪起一陣細微的漣漪。

「離開她才是最圓滿的結局……嗎？」

等等，哥哥在說什麼？離開？

盤踞於心臟深處、長達兩年的惡夢在剛剛那一刹那甦醒過來，夏憐歌渾身泛起一陣顫慄，她顫巍巍的伸長了手，卻害怕這樣一個輕微的碰觸，便會讓眼前那高䠷而瘦削的背影化成雪落下來。

然而，她最終還是抑制不住心中那股越來越強烈的思念與不安，夏憐歌閉上了眼睛，生怕自己深深愛慕著的兄長再一次消失不見般，衝上去抱住了他的腰。「哥哥嗚哇啊啊啊啊啊！」

那是溫暖又結實的、挺拔如白楊的脊背。

「怎、怎麼了，憐憐？」夏招夜明顯被嚇了一跳，回過神來就發現像撒嬌小貓般、一直往自己身上拱的少女在背後哭得一塌糊塗。

這驚得他手忙腳亂起來，急忙脫開夏憐歌那用力箍住他的雙臂，轉過身去一臉擔憂的壓住她的肩膀。「憐憐妳是不是哪裡不舒服？我……」

「哥哥你不要再離開我了！」夏憐歌抽噎得更加厲害，順勢就往他懷裡撲了過去。

原本還坐在椅子上悠閒喝茶的蘭薩特，此時差點就把手中的茶杯捏成碎片。

「……妳在說什麼啊憐憐？」夏招夜頓時有些哭笑不得，空著的雙手也不知道放哪好，過了好一會兒才垂下來輕輕摟住她的臂膀，聲音恬淡卻又帶著不容置疑的堅定，「我不會離開妳的。我會一直陪在妳身邊。」

「可、可是你剛才明明說了離開……」夏憐歌揉了揉通紅的眼角，抬起頭來看他。

夏招夜有些苦惱的揉了揉頭髮，似乎在思考些什麼，半晌才低聲的笑了出來。

不知所蹤了兩年的少年在回來之後，總是露出這樣的笑容，無奈的、柔軟的、小心翼翼的笑。

他稍稍的側了側身，眼神倏的沉了下來。「只不過是在聽月羅講它的故事……罷了。」

「月羅？」夏憐歌順著他的目光望過去。一顆草綠色的寶石被純白的棉絮裹住了半身，如同一枚小小的、正在等待破曉的胚芽。再看得仔細一些，寶石上還暈開了一抹乳白色的斑點，像是浸入水中卻還沒化開的墨，暗沉沉的綴在那裡。

夏憐歌愣了一下，訝異的叫出聲來：「咦？哥哥你也能聽懂寶石的話？」

聲音裡濃濃的鼻音還未完全褪去。

從剛才起就一直被夏憐歌當成人肉背景的蘭薩特，終於像是找到了話題的突破口一樣，將茶杯放回桌上的時候故意加重了力道。「與物品交談可不是個時髦的能力，你大可不必藉它來彰顯自己的存在感。」

聞言的夏憐歌似乎有些不悅，而夏招夜卻不介意蘭薩特對自己的諷刺，語氣仍舊是淡淡的：「蘭薩特閣下是不相信我說的話嗎？」

「好吧，」蘭薩特托腮嗤笑了一聲。彷彿一隻行走在黑夜裡的貓，他柚木綠色的眼睛在這昏黃的光線中亮了起來。「那『月羅』究竟跟你說了什麼？我不妨浪費一點時間聽聽你那所謂的『故事』。」

「喂！蘭薩特你別太過分！」什麼囂張態度啊！別以為我不知道你打一開始就在針對哥哥！

夏憐歌終於不滿的指著蘭薩特大吼出聲，然而紅透了的眼圈和軟軟的哭腔卻將她的氣勢削弱了一大半。

夏招夜倒是一點都不在意，他看著夏憐歌輕聲問道：「憐憐妳也想聽嗎？」

「啊？……呃，嗯。」夏憐歌剩下的那一小半氣勢也在哥哥溫柔的眉眼裡融化了。

啪嘰。

蘭薩特繃緊的理智又斷掉了幾根。

他或許不討厭夏招夜，但他討厭夏憐歌這種態度，面對他時是獅子，面對兄長時是綿羊。

他生來就是被眾人捧在手心裡的存在，然而在夏憐歌眼裡，天之驕子如他卻遠沒有那個再普通不過的哥哥來得重要。夏憐歌的輕視讓壓在蘭薩特胸口的石頭越滾越大，只差一分，便可

堵得他再也喘不過氣來。

夏招夜並沒有在意蘭薩特不經意間朝他散發出來的敵意，他站在那枚草綠色的寶石面前，就好像他是一棵從那裡長出來的大樹一般。

「月羅說，它曾經寄居在一位少女的眼睛裡。」

02

懷疑✢偽之物✢吸血鬼預襲

「為什麼他叫我去我就要去？」夏憐歌逞強的挺了挺自己那本來就沒有多少斤兩的胸脯。

「由不得妳。五分鐘之後會有直升機來接。」說罷，十秋一揚手，不知道從哪變出來一副銀製手銬，走上來捉起夏憐歌的手腕就扣上。

「喂——！」這跟綁架有什麼區別！有什麼區別啊啊啊啊！

✢ Vampires Prepare to Attack. ✢

少女的眼睛裡存在著兩個世界。

一個世界是一片永無止境的黑暗，另一個世界是一位綠髮白衣的少年。

少年的名字叫做月羅。

他是她所能看見的，除了一片黑暗之外的唯一一個世界。

「妳看到寶石上那乳白色的點漬了嗎？」夏招夜望著那抹亮眼的草綠，眼神柔軟，也不知是在哀憐還是嘆息，「那是少女的眼淚埋入寶石裡凝結而成的。月羅離開她的時候，少女的淚水化成了海洋，也終究沒能將它挽留下來。」

「……太過分了。」夏憐歌皺起了眉頭。「它可是那個女生唯一的精神支柱啊。」

夏招夜並沒有回答，只是緩緩的搖了搖頭，過了半晌才將目光從寶石上移開。「擁有情感的物品本身也具有一些不知名的力量，在大部分情況下，它並不會對人體產生影響。」

「嘛……可是也有一些人無法適應這股力量對吧？」坐在那邊的蘭薩特優哉游哉的將話接了下去，「如果我沒猜錯的話，那名少女正是因為被寶石的力量影響，所以才會失明吧？」

「欸？」夏憐歌詫異的望向身旁溫潤如水的哥哥。

夏招夜卻只是笑，也沒有否認。

「月羅對我說，只要它繼續留在少女身邊，她就永遠無法看見除了它以外的世界。」夏招夜的雙眸深沉如同夜裡閃爍的星。他放慢了語速：「即便少女從來沒有將其他事物放在心裡，只要有它陪在身邊就覺得很開心，可是它已經不想再看到她一直這麼寂寞了。」

──這對少女來說，是最好的結局，對它而言亦是如此。

「是的，或許這樣的結局，不是最幸福，但卻最完滿不過了。」

一直微笑著的黑髮少年這麼說道。

夏憐歌安靜的立在原地，她想說些什麼來反駁，可是卻好似有鐵鏽哽在喉嚨，什麼話都說不出來，只感覺舌根一陣莫名的發重，澀得令人異常難受。

蘭薩特淡淡的呷了一口茶水，輕聲笑了起來：「這個故事倒是編得挺不錯。」

一聽他這麼說，原本還在為那結局感到可惜的夏憐歌，頓時又無名火起。「夠了蘭薩特！哥哥都已經按照你說的，將月羅的故事複述出來了，你憑什麼還認為他是在說謊？」

「我和妳都聽不懂那顆寶石在講什麼，誰又能保證他說的就一定是真的？」說著，毫不退讓的蘭薩特瞥了夏招夜一眼。「況且，他本來就不是可以擁有『與物品交談』這種能力的人。」

「你……！」

「還記得妳哥哥剛才說的嗎，夏憐歌？」蘭薩特打斷夏憐歌的話，交叉著雙腿靠在了椅背上。「『擁有情感的物品本身也具有一些不知名的力量』，雖然普遍情況下它們並不會對人造成影響，但若是想要與這些物品進行交流，除了天生就必須具備這種能力之外，還需要付出一定的代價。」

「代價」這個詞，不由得讓夏憐歌心裡一震。

蘭薩特繼續將話接下去：「也就是說，要是想與擁有情感的物品進行交談的話，他就必須放棄與人類交談的能力。」

夏憐歌一下子愣住了，過了好久才緩過神來。「你……你是說這家店的老闆也……」

「沒錯，所以我才說他是個偏執狂，竟然為了這些寶石心甘情願的當一個啞巴。」蘭薩特冷哼了一聲，又意味深長的看了夏招夜一眼。「現在妳知道我為什麼一直不相信他──妳哥哥說的話了嗎？」

夏憐歌語塞，憋了老半天也想不出可以反駁的話，只能支支吾吾的辯解著：「就、就算這樣也……難道就不允許有例外的嗎？哥、哥哥他……」

她話說到一半，卻被夏招夜按住了肩膀。他輕輕的搖頭，朝夏憐歌彎起了眉眼。「沒有解釋的必要，憐憐，妳相信就好。」

簡單的一句話在蘭薩特聽來卻充滿了挑釁。他有些惱怒的揚起了眉梢，從懷裡掏出一個銀光閃閃的懷錶來。「那好，我就看看你能裝到什麼時候。」

「閣下，我並沒有要跟你對峙的意思。」夏招夜謙遜的微彎腰身，語氣卻是不卑不亢。

蘭薩特也不回應，站起身來逕自走過去將懷錶遞到他面前。「你能告訴我，這顆寶石都跟你講了些什麼嗎？」

懷錶表面鑲嵌著一顆不大不小的湛藍寶石。寶石看上去光澤圓潤，裡頭卻布滿了細若蛛網的裂隙，忽淺忽深。

「關於這顆寶石的故事，埃里以前就跟我說過了，所以你是不是在說謊，我一聽就明白。」

看著蘭薩特有如小孩子般的舉動，夏招夜有些無奈的苦笑起來。

而一邊的夏憐歌卻將狐疑的眼神凝在那個懷錶上。這傢伙用的東西理應都是精雕細琢萬裡挑一的寶貝，可這懷錶卻鑲著這麼一顆破寶石，怎麼看怎麼不體面，蘭薩特這種容不得身上有一件東西不完美的自戀狂居然會用！

更重要的是，這種看起來像地攤貨般廉價的東西，背後會有什麼歷史？它真的能夠衍生出情感來嗎？如果只是一件普通的物品，那哥哥的能力再厲害也沒用啊！這根本就是蘭薩特刻意布下的陷阱吧？

也不知道是不是自己的敵意太赤裸裸了，蘭薩特轉過臉，略顯不悅的看著她。「怎麼？想在這顆寶石令妳哥哥蒙羞之前衝過來毀掉它嗎？」

「……哼。」夏憐歌難得沒有跳腳，而是學著蘭薩特的模樣不屑的冷哼一聲，「我只是奇怪，像你這種極盡奢侈的人為什麼會在懷錶上鑲這樣的寶石。」

「妳真是一點都不識貨啊夏憐歌！」蘭薩特也不生氣，反而緩緩在唇邊勾起了一抹笑，自傲道：「這寶石是世界上獨一無二的，就算是鑲在英女皇皇冠上的『黑皇子』，都無法跟我這顆『波塞冬』比。」

……又來了，這種令人討厭的得意態度。夏憐歌皺眉盯著那個懷錶撇撇嘴，雖然蘭薩特把這寶石說得有多珍貴的樣子，但也看不出來到底特別在哪裡啊。

蘭薩特看她依然一副疑惑的模樣，不屑的笑了笑，伸手從錶殼上將那顆寶石卸下來，兩指拈著它舉至店裡橙黃的燈光之中。琥珀色的光芒透過寶石傾瀉而下，地板上竟然顯現出一片如深海般的蔚藍色澤。

夏憐歌小小的驚呼了一聲，只見蘭薩特緩緩的轉動寶石，調整著角度，寶石裡那些細小的縫隙也隨著他的動作，逐漸在地板上投映出一名少女的圖案。她的下半身淹沒在湛藍的波濤裡，上半身彷彿要勉力躍出水面，弓頸向天而歌。

投射出的影像非常清晰，簡直像是人工刻意而造。

夏憐歌瞠目結舌的看著那抹浸染成海藍色的影子，不由得詫異讚嘆：「好、好漂亮……」

聽她這麼說的蘭薩特有些得意的用手挑了挑肩上的金髮。「這顆寶石原本的名字是『海的歌女』，因為這天然的石隙投在地上所呈現的影像，就像一名少女將要溺亡於大海之前，為自己唱一首哀歌的情景。」

說著，也不知是想到了什麼，他的聲音竟出奇的溫柔了下來：「這是從我曾祖父那輩留下來的東西。我母親以前對它非常喜愛，於是將它鑲在懷錶上不離身的戴著，後來在一次遠航回來的時候弄丟了，那時候我還沒出生呢。」

極少聽他說話語調這麼正經，夏憐歌盯著蘭薩特難得深沉的側臉這麼想。蘭薩特似乎是那種只要提起往事，就會自然透出一種難以言喻的憂鬱氣質的人，襯著他那張臉，出乎意料的比他自得意滿損人時好看多了，讓夏憐歌一看便出了神。

這時蘭薩特眉眼一抬，兩人的目光不期而遇的碰在一起。夏憐歌突然覺得心中怦怦直跳，立即倉皇的把視線錯了開去，有些氣急敗壞的故意「哼」了一聲：「既、既然都丟了，怎麼還在你這？」

蘭薩特這回倒是出奇的遲鈍，居然沒察覺出什麼端倪，只是將寶石收了回來，緩慢的說道：「七、八年前在南港海域偶然找回來的。我父親說，能找回來或許是被海洋眷顧，便以海神的名字將寶石改名為『波塞冬』，寓意為海神的恩賜。」

看著他這般柔軟的表情，少女心裡突然感到幾分微暖，原本因他對哥哥的敵意而湧起的不滿也降下幾分。見蘭薩特這般沉鬱，更禁不住那些許母性的仁慈，夏憐歌溫柔的感嘆：「那所謂寄託在寶石上的感情，就是蘭薩特去世的母親的感情吧？真是叫人感動啊。」

結果這話一出，蘭薩特當即炸毛，暴跳如雷：「誰跟妳說我母親去世了！」

夏憐歌嚇得一個條件反射就往夏招夜懷裡跌過去，按著心口安撫，不甘的大吼回去：「你母親沒死那你幹嘛用一副追憶故人、無限感慨、往事不堪回首的死人深沉臉說這事啊！」

「妳的腦迴溝跟水溝連在一起嗎？我就不能深沉？」

「那你現在是在怪誰啊！」剛剛才生出的一絲好感瞬間又退回零點。真是的，以後就算是把良心剜出來釣魚都別用來同情這種人！夏憐歌咬緊牙根，在心中暗發毒誓。

夏招夜立在兩人中間，一言不發的凝視著蘭薩特手中那顆湛藍如海的寶石，忽而勾起脣角，輕聲笑了起來：「我倒是覺得，比起『波塞冬』，它更喜歡自己原本的名字──『海的歌女』呢。」

蘭薩特挑挑眉看向夏招夜，一副正在等待下文的模樣。

「蘭薩特閣下，你真的認真聆聽過這顆寶石所說的話嗎？」夏招夜又笑了起來，但這是夏憐歌第一次看見他露出這種笑容──和以往溫暖的微笑完全不同，是一種帶著些許諷刺的冷笑。

「那麼，你認為我在欺騙你嗎？」蘭薩特也是笑著，可眸底卻露出了幾絲怒意。

「我只是好奇罷了，」夏招夜這次並沒有退讓。「既然你都已經明瞭它的想法了，為何還不願意將它放回去呢？」

「哈——？」像是聽到什麼可笑至極的事情一般，蘭薩特不由自主的提高了音量，「放回哪？這顆『波塞冬』歸我們蘭薩特家族所有，我——」

「——將它放回海裡去。」

一句話，讓蘭薩特整個人都滯住了。

面前的夏招夜笑得雲淡風輕，繼續說道：「我想這家店的老闆也已經跟你說過了吧，閣下？這顆寶石——『海的歌女』想要回海裡去。」

蘭薩特斂起了雙眉，有些不敢置信的看著面前的少年。

是的——夏招夜剛才說的這些話，埃里之前全部都對他說過。可是他為什麼會知道？還是說這個人，真的可以輕輕鬆鬆、不付出任何代價，便獲得與物品交談的能力……

一看到他那副窘迫的模樣，夏憐歌立刻幸災樂禍的靠過去。「哈哈，終於肯承認我哥哥沒有說謊了吧，蘭薩特閣下？沒想到你堂堂一個儲君，居然會以小人之心度君子之腹呀——嘖嘖。」

「妳——！」蘭薩特氣急敗壞的漲紅了臉，可是一時也說不出話來反駁她，只能狠狠的瞪了夏招夜一眼，丟下他們兩人，氣勢洶洶的走了出去。

沒想到那個高高在上的蘭薩特居然也有落荒而逃的一天！夏憐歌頓時心情大好，但過了一會兒又不由得開始後怕。那可是有仇必報的蘭薩特啊，也不知道回去之後會被他怎麼惡整，總覺得將來的日子會很不好過，嗚哇……

看她一會兒晴天、一會兒陰霾的臉色，身旁的夏招夜有些擔憂的微俯下身子，問道：「怎麼了，憐憐？」

「沒、沒啦！」夏憐歌瞬間回神，急急的找了個話題岔開：「說……說起來，剛才的那些

話是什麼意思呀，哥哥？那顆叫波什麼隆冬的寶石，真的不是蘭薩特的東西嗎？」

似乎沒料到她會在意這個，夏招夜頓了一下，才又綻開笑顏，柔聲道：「不，它目前的擁有者，的確是蘭薩特閣下的家族沒錯。」

「欸——那為什麼說寶石想要回海裡去啊？」

「這個嘛……」擁有一頭子夜般黑髮的少年拉長了尾音，也不知是不是刻意，末梢微微揚起，竟是異常的好聽。

暖黃的燈光將店內不大的空間漾成一片若隱若現、香檳色的海波，夏憐歌彷彿又看見那抹由寶石投射而下的海紋，從腳底開始緩慢的蔓延而上。

又來了，這種奇怪的感覺。

一談及那些所謂的寄託在物品裡的情感時，笑靨溫柔的哥哥就好像不再屬於她似的，明明是那麼真切的站在眼前，可夏憐歌總覺得，只要一個眨眼，他就會退至視野盡頭，再一個眨

眼，他便從此消失不見。

就在她差點再次抱緊哥哥大哭起來的時候，夏招夜張開了口，溫涼的聲音如夜裡落地的鈴鐺，頃刻將那鋪蓋過來的不安驅散開去。

「——『波塞冬』惦記著牠。」

「牠？」

「那海裡有一尾魚，『波塞冬』惦記著牠。」

「為什麼？」

「它不肯說。」

夏招夜的雙眸烏黑得如同凝結起來的墨。

他說，物品的感情總比人要來得更純粹些。

它們有必須守護的東西。為了自己所愛，這些沉默的守望者可以赴湯蹈火、不顧一切，即

便是自我毀滅，也在所不惜。

就好像月羅。在那顆埋入了主人眼淚的綠寶石心裡，離開少女絕對是比死亡更加令人恐懼而難受的事，可是為了將消逝已久的光明還給心愛的人，它可以走得那麼決絕，就算是少女深情的挽留，亦無法撼動它半分的決意。

如此自私，卻又是如此的充滿了愛意。

夏招夜這麼說著。

「欸……那蘭薩特也真是的！」夏憐歌微微的鼓起雙頰，「既然那顆寶石這麼希望回到海裡，就說明那裡一定有它特別珍惜的事物吧，蘭薩特怎麼就不把它放回去呢？」

「呵……雖然我剛才也是那樣子說，不過啊，憐憐，」夏招夜頓時有些啞然失笑，「那可是號稱價值相當於一座山麓城堡、家族流傳下來的名貴寶石，更別說還是蘭薩特閣下的母親失而復得的珍愛之物，他怎麼可能因為這種話就隨手丟回海裡？」

聽罷，夏憐歌彆扭的「切」了一聲：「我就知道他是這種人，從來不去顧及他人的心情，只把自己放在第一位。」

夏招夜輕輕的搖了搖頭。「那憐憐，如果我說，妳所珍視的物品想要離開妳身邊的話，妳捨得就這樣放它走嗎？」

「啊？」沒料到夏招夜會這樣說，夏憐歌瞬間愣了一下，雙手不由自主的捏緊了胸前戴著的六芒星項鍊。

是啊，如果換作自己，她會怎麼做呢？

最重要的人送給自己的禮物，她真的願意因其無聲的意願，而放棄自己對它的擁有權嗎？一定辦不到吧。因為對她來說，這條項鍊已不僅僅是項鍊，更是寄託兄長珍惜與守護的無上至寶，她怎捨得輕易將它放開？

而蘭薩特對於那顆寶石的執著，或許也和自己一樣吧，畢竟，它曾經見證了他們家族幾代

人的歷史，又是他母親鍾愛的東西……

想到這裡，夏憐歌不由得對自己剛才的想法感到愧疚。

一旁的夏招夜忽然湊上來揉了揉她軟軟的頭髮，說：「啊啊，不過話說回來，剛剛我說的只是打個比方而已哦。因為啊，如果妳所珍視的物品——」他伸手指了指少女胸前的六芒星項鍊，「能夠和妳對話的話，它一定會說：『能一直陪在妳身邊，代替兄長守護妳，是我至高的榮幸』吧。」

「嘿嘿。」聽他這麼說，夏憐歌不禁欣喜的低聲笑了起來，垂下腦袋看著胸前微泛著銀光的項鍊，緊接著又雙眼閃閃的望向眼前的哥哥，「可是現在不需要它來代替了嘛，因為哥哥已經回來了啊。哥哥你以後絕對、絕對不能再離開我了！」

「……是啊。」夏招夜放輕了撫摸她髮絲的力道，目光柔軟得像要在這片寧靜的燈光下化開。「現在有我陪在妳身邊……」

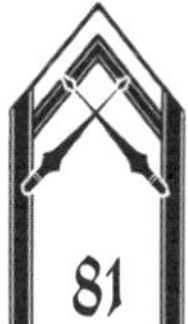

——所以，就不再需要它了嗎？

「啊——真是的，都怪蘭薩特！搞得今天的行程完全沒有按預定進行嘛！」得到回覆的夏憐歌雀躍的點點頭，一邊說著，一邊拉著他走出店外。

步伐在流動的燈輝裡前進幾步，有人輕笑出聲。

「……你們人類也一樣啊，既自私……又充滿了令人憐惜的深情愛意。」

「嗯？」

回頭的時候，夏憐歌正好一腳踏出了門檻。室外的日光像瀑布一樣在她背後瀉了下來，她看見夏招夜被包裹在一片金橙色的耀眼光芒裡，好似一隻正在燃燒的飛蛾，那些奪目的光斑順著他的輪廓一點一點的侵蝕，彷彿只須一秒，便可將他燒為紛飛的灰燼。

少年在笑，那種無奈的、柔軟的、小心翼翼的笑。

而剛才那句話，就好像夢境一般，在這片明亮裡消失得無影無蹤。

◇　◇　◇

接下來的日子，蘭薩特果然沒怎麼給夏憐歌好臉色看。然而夏憐歌也懶得去理他，為哥哥製作萬聖節服飾的行動還在緊鑼密鼓的進行著。結果，就在夏憐歌成天搬著一堆被蘭薩特稱之為「破爛垃圾」的材料跑到事務廳縫縫補補時，儲君閣下的晚娘臉終於成功升級為怨婦臉。

「妳究竟把這裡當成什麼地方了啊夏憐歌！」蘭薩特啪的一聲將一疊文件摔在桌面上，震得剛剛泡好的紅茶潑了十秋一電腦。

「你之前不是說過了嘛——」直接坐在地上貼裝飾的夏憐歌故意壓低了聲音，學著蘭薩特那種目中無人的口氣，「『天天缺席太不像樣了，所以夏憐歌，從現在開始妳必須天天待在我能夠傳喚到的地方』。」

「但我沒說過妳可以連這些東西也一起帶過來！」真要比喻的話，妳現在所做的就是占用工作時間、工作地點幹私事，隨時隨地都可能被炒魷魚的最惡劣行為！

夏憐歌直接當聽不見，笑嘻嘻的拿著半成品靴子和一盒玻璃製品湊到十秋面前賣乖。「請幫我把這些貼上去哦，萬能的十秋閣下。」

「夏憐歌！妳居然還有膽使喚儲君幫妳做事！」尾音剛落，蘭薩特瞬即悲憤的轉了話鋒，指著十秋：「你好歹也有點骨氣啊！別立刻就把那些低劣製品接過去行嗎，朔月！」

「手不由自主的動了。」十秋面無表情。

「那種僅限於奇怪領域裡的條件反射不要也罷啦！混蛋！」

「哼──」最近一直順風順水的夏憐歌，馬上得意的朝蘭薩特吐了吐舌頭，「十秋比你親切多了。」

「妳別在這種事情上才誇他親切好嗎！」

最後蘭薩特終於忍無可忍了，一拍桌，以「身為儲君的騎士不能終日無所事事」為由，將夏憐歌拎過去幫莫西打雜。

「可惡！那傢伙果然在為之前的事情報復我！」對象是美少年輔導員莫西．塔塔，夏憐歌也不好意思把製衣工程跟著搬來，只好一邊幫他整理交換生的資料，一邊氣鼓鼓的發洩對蘭薩特的不滿。「真想不到他這人那麼小氣！」

莫西用蛋糕逗了逗懶洋洋趴在自己肩上的蜥蜴，故意裝出一副老成的語氣道：「少年的心思猜不透啊。」

夏憐歌「切」了一聲，看著手邊的交換生資料，不禁又有點好奇：「話說，帕蘭特斯帝國學院究竟是什麼啊？」

「跟薔薇帝國學院一樣，都是屬於獨立島嶼的貴族學院呢。」餵完了食物，莫西終於開始打算做正事。「四年前雙方定下協議，每一年都必須有一次交換生的學術交流活動。」

他一邊說著，一邊把交換生的資料整理好，裝進高級的羊皮紙信封裡，小心翼翼的滴上蜜蠟，蓋上蠟印。

夏憐歌沒想到在這種時代，居然還有人用這種方式存放信箋資料。之前問過莫西是不是規定不能用電腦，後來才知道，就算用電子文件建檔，也要在圖書館的地下資料庫存一份手稿，這是百年以來的規矩，輕率不得。

「那這次來的交換生有幾人？」

「一百人左右，因為他們是帶著『布里辛克』來，不想太張揚，所以都混在我們學校的學生裡了，班級也是隨機調配的。」

「布里辛克」啊……之前蘭薩特發牢騷時好像有說過這個名字，似乎是一條非常值錢的項鍊呢。不過再怎麼值錢，也比不上哥哥送給她的那一條珍貴啦！

夏憐歌握住垂至胸前的六芒星吊墜，喜孜孜的想。

「說起來，那個帕蘭特斯帝國的王女是不是也會過來啊？」

「嗯……的確是這樣子預定沒錯啦。」莫西有點無奈的笑了起來。「不過那位王女……怎麼說呢，是個比較我行我素的人，最後到底會怎樣也無法確定。」這麼說著，他又自顧自的感嘆：「籌備得差不多了，希望到時候晚會不要出什麼事才好。」

一聽他這樣說，夏憐歌突然想起萬聖節舞會的事，立刻一把揪住少年的衣領，女王樣的大吼出聲：「那個什麼角色扮演的破衣服我死都不穿啦！活動策劃到底是誰做的？拖去舊雕像公園挖坑埋了！」

搞什麼啊！沒有哥德風的華麗洋裝就算了，來件田園蘿莉裝也好啊！那個打著一大堆補丁、看起來像暗綠人皮一樣的噁心東西究竟是啥呀？

被她扯住領子的莫西也是一臉無奈。「是十秋閣下啦……」

夏憐歌一怔，心裡頓時狂瀾翻湧，立即迅速的在腦海裡模擬出眼鏡下藏著一道居心叵測眼神的畫面。

十秋朔月！難怪你那麼輕易的就幫我做萬聖節服飾！你就這麼喜歡那些奇奇怪怪的COSPLAY嗎！原來你才是傳說中躲在暗處奸笑的幕後大BOSS啊？虧我之前還稱讚你親切呢！把我對你的讚美還來！

「規矩定了，不穿的話，會扣學分的。」

「我讓他扣！」

「但妳不久前的綜合成績評估測試已經扣到下限，再扣妳就要直接退學了。」

「……」

這不是強人所難嗎！

正抱著腦袋欲哭無淚時，身旁的莫西搭上夏憐歌的肩膀，聲音低低的安慰：「妳怎麼不對

比一下我的處境？妳說我能怎麼辦？」

夏憐歌目光淒切的轉過頭去看莫西，人家輔導員大人已經一臉憔悴了。沒記錯的話，他抽到的是活動吉祥物，如果吉祥物是美人魚什麼的……是不是意味著身為教師的莫西要拖著魚尾裸著上身任人觀賞？

……她簡直無法想像這情景有多可怕。

看來自己就算再慘，頂多是個令人唏噓的結局，但莫西似乎只能面臨悲劇收場。

終於覺得有個比自己更需要安慰的人了，夏憐歌很沒道義的在心中竊喜，沒良心的脫口就問：「對了，那個吉祥物的裝扮……到底是什麼？」

完全是橫刀直刺，要害全中，還順便撒上了鹽巴。

莫西猛的趴倒在桌子上，像個被拋棄的怨婦一樣大嚷大叫：「不要提！妳不要提！不要再提了啊啊！」

……看來好像比美人魚更不得了的樣子。

交換生來了之後，學院內的一切也一如既往。那件萬聖節海盜服飾製作到一半，夏憐歌才突然想起自己接下來還有一個綜合成績評估測試的補考。

為了不被扔到無人島上去自生自滅，夏憐歌流著眼淚開始奮發圖強，幾乎沒時間處理外務了。負責幫她補習的優質人選當然是莫西，但因為萬聖節的籌備活動依然很忙，於是在莫西沒空的時候，她就跟著夏招夜一起去圖書館看書。

「然後啊，蘭薩特真的是超討厭的，明明知道我最討厭吃菠菜，居然還一個勁的往我盤子裡扔！」

才看了習題不到半個小時，夏憐歌的思緒就往不著邊際的方向發散過去，到了最後已經徹底忘了這裡是圖書館，開始跟夏招夜熱烈的討論起「自己最討厭吃的食物」來。

夏招夜將食指靠在脣邊示意她放低聲音，接著像是想到什麼有趣的事情般，輕輕的笑出了聲：「是啊，我記得妳在來薔薇帝國學院的前一天晚上，還因為菠菜跟媽媽大吵了一架呢。」

說著，他微微的鼓起雙頰，做出兔子啃食菜葉的動作：「最後拗不過她，硬是把菠菜塞到嘴裡的時候，妳還差點哭出來了呢。」

「欸……這種丟臉的事情就不要再提起了啦……」夏憐歌有些不好意思的撓了撓後腦勺。

就在這時，旁邊忽然傳來的一聲響動嚇了她一跳。被打斷思考的夏憐歌立刻抬起頭朝聲源望過去，發現常清捧著一大疊參考書坐在離自己三公尺不到的地方，看見她時輕佻的吹了聲口哨，緊接著又一臉鄙視的轉開頭去：「是妳啊。」

「……你在這裡幹什麼？」

這人怎麼看都不像是會到圖書館用功的人啊！

夏憐歌一邊在心裡咆哮，一邊條件反射掩護著夏招夜往身旁的空位挪過去。

「補習。」這回常清倒是沒找他們麻煩，簡單的回了話之後，就整個人病懨懨的趴倒在書桌上。

夏憐歌正在心裡驚嘆原來這傢伙也有情緒萎靡的時候，就又聽見他小聲的碎碎唸：「好煩啊，又不是我自己想來的，一碰到書就感覺自己快要死掉了一樣……快要死掉了……快要死掉了……」

還沒等他自言自語完，不知何時出現在常清身後的十秋，便一把將手中的英語辭典朝他頭上重重拍過去。「起來，你想被退學嗎？」

「……」常清維持著原來的姿勢又趴了一會兒，才慢悠悠的坐直了身子，面無表情的盯著擺在眼前的參考書。

那一剎那，夏憐歌突然對常清升起了一股惺惺相惜的革命情誼。

十秋繞過來坐在他的對面，發現夏憐歌時也道了一句：「是妳啊。」然後一邊翻書、一邊淡淡的說：「同身為儲君的騎士，你們的相似度不要全部體現在『成績不及格』這一點上行嗎？」

……真是夠了！為什麼這人每一句話都像拿刀子往別人傷口狠戳一樣啊！

夏憐歌差點把肺給氣炸了，但是自己的處境的確如對方所說的一樣，她也不好反駁什麼，只得把火全部吞回肚子裡去。

驀的，她又忽然想起了什麼，抬起頭來問：「等等，幫常清補習的人是你……？」

「是。」十秋回答得言簡意賅。

「但是常清不是三年級嗎？你跟蘭薩特都是二年級的吧？」

憋了一肚子鬱悶無處宣洩的常清猛的吼了她一句：「怎樣？這就證明了十秋閣下才高八

斗，妳不爽啊？」

……他是不是真的才高八斗還有待商榷……等等！這根本不是我爽不爽的問題好嗎？是說一個三年級生還要讓一個二年級的來教功課，本來就不是一件特別光榮的事情好嗎？你那一臉驕傲的表情究竟是怎麼回事？快醒醒啊常清！

夏憐歌一臉面癱的看著那邊兩人，心裡早已風雲變色波瀾狂湧。

時間好像就這樣子停滯了下來，過了好一會兒，十秋才開口打破了沉默：「說起來，你認識我和蘭薩特嗎？」

他並沒有從書本中抬起頭來，但夏憐歌卻知道他已經把話鋒轉向了夏招夜。

似乎沒料到他會這樣子問，夏招夜愣了一下，輕輕點了點頭。「是的，閣下。」

「這就奇怪了。」十秋突然抬起眼，定定的看著黑髮少年，手中的鋼筆靈活的在他指間轉動開來。「剛才夏憐歌也說了，我和蘭薩特是二年級生，而你是在兩年前失蹤的。那時候我們

雖然身為薔薇帝國學院的儲君，但其實還沒有作為學生就讀這間學院，你究竟是怎麼認識我們的？」

聽到這話的夏憐歌一下子滯住了，腦袋幾乎還沒來得及運轉，就聽見身旁的夏招夜淡淡回了一句：「兩位是地位顯赫的儲君，即使沒到入學年齡，學院裡知道你們的人還是很多，就算我認識你們也沒什麼好奇怪的。」

十秋並沒有立即回話，只是靜靜的盯著他。過了好半晌，他居然難得的露出了一絲微笑，看得夏憐歌的脊椎都開始有一下沒一下的發冷起來。

「是啊。可是你忘了吧？之前我們見到你的時候，你問了一句『閣下，你們不認識我了嗎』。」他似乎連聲音裡都帶進了寒氣，右眼在燈光的照耀下泛起了奇異的光澤。「這就表示，兩年前我和蘭薩特也是認識你的，對吧？」

夏招夜沉默了，雙眸黑沉沉的，看不出來他在思考些什麼。

十秋還在繼續說著：「兩年前我們就認識的這所學院的人……基本上都是身居要職的人，比如殿騎士聯盟的管理者蒲賽里德。」

他的聲音霎時沉了下來，手中轉動的鋼筆停止了。「那麼你呢？你當時在學院裡擔任什麼重要的角色？」

透過窗櫺蜿蜒而下的日光打在身上，卻讓夏憐歌感覺自己身上好像被披上了一層薄薄的冰霜，整個人從心臟深處冷了出來。

她希望夏招夜趕緊說些什麼來反駁十秋，但到了最後，黑髮少年卻什麼都沒有說，他只是安靜的坐在那裡，宛若一座沉默了千年的雕像，冷眼旁觀這世界上發生的一切。

十秋站起了身，看到他動作的常清差點就跳起來歡呼「耶不用讀了！」，但立刻被他接下來的一句「我們換個位置」重新打趴了回去。

路過夏招夜身邊時，十秋輕輕的問了幾句：「你不是夏招夜，對吧？」

「那麼你假扮成他的目的是什麼？」

「——你是黑騎士聯盟的人嗎？」

聽到最後一句話時，夏憐歌好像看到夏招夜的身子顫了一下。

十秋把目光投到夏憐歌身上，嘴角噙著一絲似有若無的笑容。「別擔心，我開玩笑的呢。」也不知道是對她還是對夏招夜說的。

十秋帶著垂頭喪氣的常清移到了另外一個角落裡，但這邊的氣氛卻沒有因此緩和下來。

夏憐歌只覺得自己的腦袋變成了一團纏得亂七八糟的毛線球，記憶裡閃現出許多支離破碎的片段，她不知道自己應該做出怎樣的判斷。這人怎麼可能不是招夜哥哥？怎麼可能不是？如果不是的話，他為什麼要待在自己身邊？為什麼和記憶中的招夜哥哥分毫不差？為什麼會知道自己的那麼多事情……

「憐憐……」身旁的夏招夜忽然發出了聲音，看著她的目光簡直就像一隻正在哀求食物的野貓一樣。

她想說些什麼，一個激靈卻倏的從腦海裡閃了過去。

夏憐歌想起剛才眼前的少年跟她說起她最討厭吃菠菜時的情景。

——妳在來薔薇帝國學院的前一天晚上，還因為菠菜跟媽媽大吵了一架呢。

妳在來薔薇帝國學院的前一天晚上……那個時候……那個時候……招夜哥哥明明不在自己身邊，他已經失蹤了啊！為什麼眼前的人會知道這件事情？

他是誰？他不是招夜哥哥！他是誰！為什麼會長得跟招夜哥哥一樣！為什麼會那麼清楚的知道她這些細微的瑣事！他到底有什麼目的？他真的是黑騎士聯盟的人嗎？

夏憐歌頓時覺得自己身上的每一個細胞都尖銳的叫囂起來，深深的恐懼從心臟裡噴湧而出，她幾乎要跳起來狼狽的逃走，但是雙腿卻像被定住了一樣，絲毫動彈不得。

「憐憐……？」少年還在繼續的叫喚著，伸出手來想要觸碰她。

夏憐歌用盡了全身力氣，像是看到什麼令人嫌惡的東西一般，狠狠的甩開了他的手。「別碰我！別叫我憐憐！你根本就不是招夜哥哥！」

少年的手僵在半空，臉上流露出悲愴萬分的神色。

——為什麼要露出那樣子可憐的表情呢？

——你明明……明明就不是招夜哥哥啊……

看著他那張跟夏招夜一模一樣的臉，夏憐歌的心差點就要軟下來。而少年終究是收回了手，低垂著腦袋，像一個得不到寬恕的囚犯，眉眼裡浸染著無人讀懂的悲涼。

「……抱歉。」

細若蚊蠅的聲音被風一吹，立刻就消散得無影無蹤。

「夏招夜」消失了。

就跟沒有人知道他是如何出現的一樣，也沒有人知道他到底去了哪裡。

蘭薩特大概是顧及到夏憐歌的心情，竟然難得的沒有嘲諷她，反而是裝出一副無所謂的模樣：「打一開始就覺得他有些奇怪了，最後這樣的結局倒也是意料之外、情理之中，而且他看起來也不像是有惡意的樣子，沒必要去追根究柢。」

倒是十秋似乎對這個人的真實身分挺感興趣，閒著沒事的時候還會叫常清去調查一下，不過也沒有查出什麼實質的線索來。

那件做了一半的萬聖節服飾，被夏憐歌胡亂的塞在衣櫃的最底層，像一件被人丟棄的遺物，孤零零的躺在那裡。

對於「夏招夜」的消失，夏憐歌也說不清楚自己究竟抱著怎樣的情感。她覺得自己應該是慶幸的，可是卻怎樣也笑不出來。

他們在一起的這短短幾日，那些快樂與幸福全都是真真切切的。

可是他卻是假的。

夏憐歌有些失落的垂下了腦袋，但沒過半晌，她便使勁的拍打雙頰，強迫自己振作起來：不行不行，真正的招夜哥哥還沒有找到，她可不能就這樣低沉下去。

只是即便是到了現在，夏憐歌也沒弄明白，為什麼他在最後會露出那種近乎絕望的表情？

夏憐歌坐在校內的休息室裡發呆，一想起前幾天發生的事情，她就感覺腦子裡亂糟糟的，一點唸書的欲望都沒有了，擺在桌子上的習題本全都是空白的。

旁邊有兩個女生在談天說地，從哪國當紅的明星一直聊到最近學校裡發生的事，其中一句話引起了夏憐歌的注意。

「說起來，最近的吸血鬼突襲，是不是也是上次襲擊少女的人做的啊？」

上次的事件，是指愛麗絲的事吧？那麼，吸血鬼又是什麼？

前些日子太過在意「夏招夜」了，學院裡發生的一些事情她都沒怎麼去關注。

「不知道欸，感覺好恐怖喔，妳說會不會是有人在萬聖節前夕為了製造氛圍，特意搞出來的惡作劇？」

的確……有些人就是這麼無聊。她不由得想到十秋朔月的活動策劃，還有那個什麼扮裝晚會……

然而另一名女生卻驚詫的叫了起來：「怎麼可能是惡作劇！被襲擊的人都失蹤了啊！」

失蹤？

夏憐歌臉色一沉，眉頭不自覺的斂了起來。

又是失蹤？難道真的跟愛麗絲有關？但是不可能啊……愛麗絲的魂魄都已經不在了……

可深想一層，凡事也沒有絕對啊……說不定當時愛麗絲並沒有消失，而是以另一種形式存留下來了……

越想越覺得不妥當，身旁的女生們還在說些什麼，她已經聽不清了，只想親自去把事情弄個明白。

午休一到，夏憐歌立刻往事務廳趕去。

事務廳大門敞開，蘭薩特跟一個看著挺面生的人正在談什麼事，凝重又莊嚴的氛圍簡直叫人望而卻步。她完全應付不來這種場面，剛想走人下次再來，誰知才一抬起腳，就立刻被蘭薩特一聲喚住。

「站住，妳跑什麼跑？」

夏憐歌只能悻悻的折了回來，擺出個比哭還難看的笑容，很有職業道德的道：「我……我怕打擾你們談要事，想隔天再來……而已啦。」

蘭薩特也不知道在生什麼氣，哼了一聲，然後立刻把夏憐歌撂在一旁，對那人說道：「好了，今天就先說到這裡，這事我也知道，自然會給妳一個交代。現在妳先回去休息吧。」

坐在另一邊的少女從容不迫的笑了起來，發出的聲音清清淡淡，卻帶著不容忽視的尊貴與倨傲：「既然蘭薩特閣下這麼說，我也就放心了，期待您的好消息。」

說完，她起身朝蘭薩特微微的低了下腰，也不看站在門口的夏憐歌，便逕自離去了。

看著她的背影漸走漸遠，蘭薩特才抄起茶几上的幾封信箋甩了開去。

「蒲賽里德究竟在做什麼？整個殿騎士聯盟難道都是擺好看的嗎？鬧個什麼吸血鬼事件到現在居然一點端倪都沒查出來！還要讓帕蘭特斯帝國的使節來質疑我這邊的辦事能力，真叫人火大！」

咦……原來那個人是帕蘭特斯帝國的使節嗎？

夏憐歌忍不住往少女離去的方向望了一眼，然後走進事務廳，把落下的信箋撿起。從剝掉的蠟印來看，日期是這幾天的。她輕手輕腳的把信箋放回茶几上，抬眼就瞧見蘭薩特正皺起眉頭看著自己。他今天脾氣不太好，還是別惹他比較好。

「發生什麼事了？」她有些唯唯諾諾的開口。

「妳來這幹什麼？」蘭薩特完全無視她的問題。

「聽說學院裡有幾起吸血鬼襲擊學生的事件，被襲擊的人都失蹤了，我在想會不會是愛麗絲搞的鬼，有點擔心就過來問問……」

「不會是愛麗絲。」還沒等她說完，蘭薩特就將她的話打斷。「這些被襲擊的人跟愛麗絲八竿子打不到一起，全是帕蘭特斯帝國的交換生。」

「欸？」夏憐歌詫異的睜大了眼睛。「可是我之前明明聽莫西說了啊，這次的交換生全都混在我們學院的學生裡，為什麼襲擊者會……」

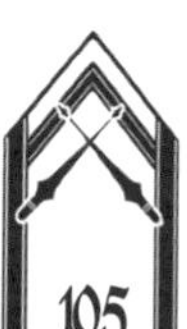

「就是因為這個才奇怪！」蘭薩特的聲音聽起來相當憤怒，「為什麼會這麼清楚的知道那些人就是帕蘭特斯交換生？難道凶手有交換生的詳細資料嗎？」

他一拳擊在被陽光曬得發燙的書桌上，置於其上的杯子被震得一響。「肯定又是黑騎士聯盟在搞鬼！」

夏憐歌沉默了，過了好一會兒才又怯怯的問道：「所以帕蘭特斯使節才來找你？」

「是啊，區區一個使節都這麼囂張。」說到這，蘭薩特煩躁的拖開書桌前的黑色皮椅坐下，隨手拿起疊在桌角處的文件翻了翻。「沒有別的事妳可以出去了，少來煩我。」

「……哦。」有點失望自己的好心竟然換來他這樣的態度，夏憐歌應了聲，悶悶的踱步到門口，過了半會心中的怒火才遲鈍的蹭了上來。也不考慮後果，她惱火的轉身朝坐在那邊苦思冥想的蘭薩特叫嚷起來：「搞什麼啊！你以為我是什麼？在你生氣時任你叫罵的洩憤工具？憑什麼用這種態度對我啊！」

被她這麼一吼，蘭薩特那原本就瀕臨爆發的火氣一下子炸了開來：「憑什麼？妳以為妳區區一個騎士有資格跟我談條件？且不說在定下契約之後就不斷要我這個儲君替妳收拾爛攤子，我沒直接把妳攆出學院已經夠仁慈了吧？」

「是是！蘭薩特閣下！你仁慈你偉大！」夏憐歌用力的握住門把，滿臉怒氣，身子微顫，繼續吼道：「要在我背後耍陰招或者直接把我踢出學院全部隨你便，反正這種不把騎士當人的地方，我也待不下去了！」

語畢，夏憐歌用眼神狠狠的剜了他一下，冷哼一聲，將事務廳的門摔得震天價響。

「妳……！」聽著她那越來越遠的腳步聲，蘭薩特凶神惡煞的從皮椅上彈了起來。長這麼大，他還從來沒被人摔過門，況且對方還是一個比他低了那麼多級的傢伙！火氣一上湧，蘭薩特什麼都沒想就猛的抄起桌上的電話，打給了莫西：「喂，莫西？立刻把夏憐歌的學籍資料給我……」

話說到一半卻哽住了。蘭薩特張了張嘴，噎在喉頭的話語一出口又完全變了個樣，他不滿的「嘖」了一聲。「……沒事。」

憤憤的掛下電話，蘭薩特將背往後一靠，整個人壓在了柔軟的椅背上。他微微的仰起了頭，看見從巨大的落地窗外傾瀉而進的光線，將他整個人溫柔的包裹起來。偶爾有形單影隻的海鷗搧起寬大的翅膀，緊貼著海面翔馳而過，高昂的鳴叫聲也被湧起的海浪淹沒得無影無蹤。

整個世界寧靜得好像只剩下他一個人。

總覺得……今天的陽光比平時刺眼了一點。

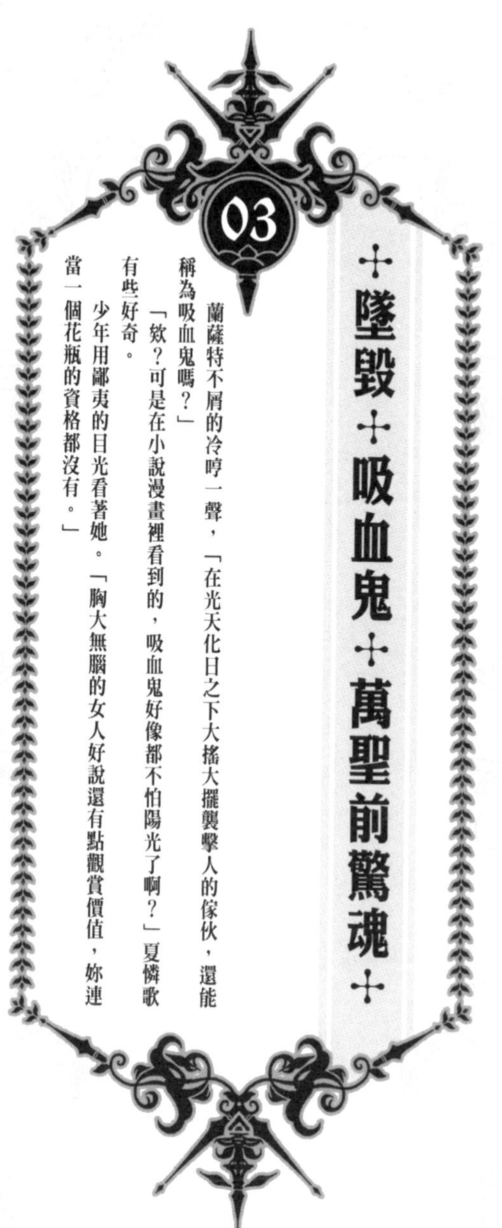

03

墜毀✢吸血鬼✢萬聖前驚魂

蘭薩特不屑的冷哼一聲，「在光天化日之下大搖大擺襲擊人的傢伙，還能稱為吸血鬼嗎？」

「欸？可是在小說漫畫裡看到的，吸血鬼好像都不怕陽光了啊？」夏憐歌有些好奇。

少年用鄙夷的目光看著她。「胸大無腦的女人好說還有點觀賞價值，妳連當一個花瓶的資格都沒有。」

✢ The Nightmare Before Halloween. ✢

夏憐歌賭氣的在學院內沒有目的的亂晃。頭頂上的太陽曬得她煩悶不堪，不知不覺走到了上次遇見愛麗絲的那個舊雕像公園前。她停下了腳步，原本還是怒火中燒的心底深處驀的柔軟起來。

雖然蘭薩特那個傢伙平時是很霸道啦，但是上一次在她遇到危險的時候，好歹也是他趕過來救她的……

停停停！這種時候還去想那個混蛋幹嘛啊！

眉頭稍稍皺起，夏憐歌站在原地無所事事的踩著腳下的草坪。一冷靜下來，剛才對蘭薩特脫口而出的那些話語又讓她有點後悔了。按照那傢伙的性格和地位，說不定腦子一熱真的就把自己開除掉……招夜哥哥……她還沒有找到失蹤的招夜哥哥啊！她不想就這樣兩手空空的回去……

可是一想起蘭薩特那張目中無人的臉，她又壓根不想放下尊嚴跑去道歉。

就這樣糾結了好一會兒，夏憐歌一個頭兩個大的抱住腦袋左右搖晃。「啊啊啊啊啊好煩！我不管啦！」

這樣叫嚷著，少女跺了跺雙腳，意氣用事的往公園深處走了過去。

白天的舊雕像公園不像夜晚看到的那般陰沉，只是因為年久失修，公園裡那些叫不出名字的植物肆無忌憚的向四周伸展著自己的枝條，看起來顯得凌亂無比。

被愛麗絲打碎的石像也依然沉默的癱倒在瘋長的草堆上，遍地都是形狀不一的石塊，無人搭理，只有那些殘存下來的基座在原地彰顯著它們原本貴重的價值，與植物的濃蔭混合在一起，倒露出了點寂寞的味道。

撥開愈加茂盛的枝椏，夏憐歌再往裡走幾步，突然被眼前的景象震得愣在了原地。

聳立在面前的是一個傾斜著的鳥籠雕像，目測有將近十公尺高，非常巨大。走近一點，還能看到鳥籠裡雕刻著的栩栩如生的花草，旁邊則是一座汙跡斑斑的小噴泉，長年累月的被人忽視，早已冒不出澄澈透淨的清水。

灰白慘澹的顏色跟蔓延進鳥籠裡的雜草糾結起來，實在有種說不出的感覺。

夏憐歌興趣盎然的繞著鳥籠走了半圈，皮鞋踩在枯槁的野草上，發出了細微的響聲。

上次被愛麗絲追逐的時候沒看到這個啊……沒想到這座公園裡居然還存在著這麼宏偉的雕像。這樣想著，她半是感嘆半是憐惜的抬起頭，意圖望見鳥籠的頂端，陽光被茂密的樹葉切割成日影掉落在睫毛上。

突然，一隻烏鴉從繁盛的枝葉裡一竄而出，發出不祥的鳴叫，向遠方展翅飛去。緊跟著，背後傳來了樹葉摩擦的聲響。

夏憐歌頓時心裡一驚，手忙腳亂的轉身。「誰？」

「啊呀，果然是可愛又懵懂的小羔羊，因為追逐著樹林裡的小妖精而在這裡迷路了嗎？」

……這種噁心的語調，根本不用看到臉，夏憐歌就已經猜到對方是誰了。

看到那抹熟悉的人影從鳥籠邊的樹林裡向自己走過來，夏憐歌突然覺得自己所有的興致都一掃而光了，忍不住頭痛的撫額長嘆一聲：「蒲賽里德……」

「看到我很高興吧，小羔羊兒？」還特意把「兒」字拖得老長。

「高興個鬼——你……」徹底被他的稱呼噁心到的夏憐歌像隻貓一樣，警戒的朝對方豎起一身毛髮，結果在看到跟在蒲賽里德身後的人影時，又不禁一臉驚悚的大叫起來：「等等！十秋朔月！為什麼你也在這裡！」

「身為儲君，跟殿騎士聯盟的管理者一起查尋向帕蘭特斯交換生發起攻擊的吸血鬼線索，是再正常不過的事情吧？」十秋扶了扶鼻梁上的眼鏡，依舊是一臉正經八百的模樣。「倒是妳，特意跑到舊雕像公園來有什麼事嗎？」

「才……才沒有！」一想到自己是因為跟蘭薩特嘔氣才跑到這來洩憤的夏憐歌，臉頰突然像秋後的蘋果一般紅了個透。

「嘖嘖。」蒲賽里德豎起一根手指在她面前搖了搖。「撒謊是不好的唷小羔羊。」

「我……我撒什麼謊！哼，你們呢，真的是來找線索的嗎？還是純粹蹺掉工作跑來這裡休息而已？」蹩腳的轉了話題，夏憐歌心虛的向他們擺出一副女王的模樣。

「真失禮。」十秋雙手抱胸靠在樹幹上。「我可是遊戲玩到一半，特意放棄了通關的機會，跟蒲賽里德前來調查的……」

「你那種遊戲不玩也罷啦！」真是的！你都在自嗨些什麼啊死宅男！夏憐歌有些沒好氣的開口：「那你們有找到什麼線索嗎？……蘭薩特說有可能是黑騎士聯盟搞的鬼。」

十秋搖了搖頭。「聯想到之前的愛麗絲事件，我們在想會不會有其他像愛麗絲一樣的受害者亡靈在作怪。不過我們在公園裡轉了幾圈，沒有發現什麼。」

幾個人驟然安靜了下來。草坪上斑駁的影子隨著沙沙作響的樹葉搖晃起來。

蒲賽里德好像對這件事情不怎麼上心，他踱步到鳥籠雕像旁，右手撫上了乾燥的石膏表

面。「說起來啊，聽說在很久很久以前，有一位王子曾經被囚禁在這呢。」

「欸？囚禁……？」被挑起了興趣的夏憐歌還想繼續問下去的時候，十秋朔月的手機鈴聲突然在寂靜的公園裡炸響了開來。

「……所以說為什麼你要用《多啦A夢》的主題曲啊？換一首跟你的臉搭配一點的手機鈴聲會死嗎？」這樣子的落差她真的承受不了啊混蛋！這個學院裡就沒有一個正常一點的美少年嗎？

根本懶得去理夏憐歌的吐槽，十秋側身接通了手機。「彼方？……嗯，你找她幹什麼？不知道跑哪了？就在我前面啊。是，我在舊雕像公園裡的鳥籠雕像處。好，我明白了。」

短短的幾句話之後便收了線，十秋轉過身看向夏憐歌，突然訓導主任的氣場全開：「彼方叫妳回事務廳。」

「為……為什麼他叫我去我就要去？」雖然被他那驟然高大起來的精英形象閃得有些萎

靡，夏憐歌還是逞強的挺了挺自己那本來就沒有多少斤兩的胸脯。

「由不得妳。五分鐘之後會有直升機來接。」十秋一本正經。「而且他說了，如果妳敢逃跑的話，就直接把妳扔到海裡餵魚。」

說罷，十秋一揚手，不知道從哪變出來一副銀製手銬，走上來捉起夏憐歌的手腕就扣上。然後看著他抽起鑰匙在食指間瀟灑的轉了幾圈，五指一收便把鑰匙納入手中，再張開時，掌中已是空空如也。

「喂——！」這跟綁架有什麼區別！有什麼區別啊啊啊啊！

◇　◇　◇

豪華的儲君專用直升機像一隻巨大的蒼鷹，在上空將三個人的身影團團包裹起來，強勁的

氣流幾乎把公園裡挺拔的植物全部掃平。夏憐歌眼角抽搐的望著那呼呼作響的精密機械嘩啦甩下一道繩梯，後退一步想逃，卻立刻被十秋勾住了脖子。

「那麼，懵懂的小綿羊，我們下次見。」蒲賽里德一臉燦爛的向陷入災難之中的悲劇少女揮手告別。

「咳咳咳救命啊——！蒲賽里德別袖手旁觀救命——」

淒厲的呼叫聲被籠罩在直升機陣陣的轟鳴中，最終隨著逐漸遠去的飛行工具緩慢消失。

「讓我走就走、叫我去就去！你們當我什麼啊！這麼大一座學院難道一點王法都沒有嗎！」被迫坐在舒適的座艙中，夏憐歌卻是一肚子的惱火。有什麼事一定要現在回去嗎？況且那個死自戀狂不會自己來叫啊！

十秋靠在柔軟的椅背上，隨手拿起之前扔在扶手上的PSP，不痛不癢的回答：「儲君就是王法。」

「……求求你們快點去死。你們這種仗勢欺人的有錢人快點去死——」

直升機在夏憐歌聒噪的吵鬧聲中逐漸逼近銀角區的教學樓。

天氣是萬里無雲的晴朗，偶爾有幾隻振翅的白鴿從樹梢上飛竄而起，抖落一身枯綠的樹葉。在教學樓前方空曠的廣場中，不同年級的學生各自聚在一起準備著萬聖節舞會的道具，人聲鼎沸。光潔的磁磚上鋪滿了形色各異的服裝以及各種裝飾用品，數以千計的彩色氣球更是直接擱在廣場的一角，從上空往下望去，就像裝載著滿滿愛意而盛開的花圃一般。

已經找到了降落的位置，直升機正在緩緩下降。

夏憐歌將臉貼在冰涼的玻璃窗上，看著廣場上那熱鬧的場景，不禁憤憤呢喃：「你們這群該死的有錢人！」

降落到一半的時候，窗戶突然閃過一道黑影。

嚇了一跳的夏憐歌條件反射的往後踉蹌了一步，卻又馬上撲過去將整張臉擠在窗戶上想要

看個究竟，但因為視野的限制，她什麼都沒有看到。

「什麼嘛……錯覺哦。」有些悻悻的退了開來，夏憐歌將腦袋轉向十秋，剛想要問些什麼，卻發現整個機身劇烈的顫動了起來。突如而來的一個晃動，使得她往座椅旁摔了過去。

「怎麼回……？」她摸了摸被撞疼的腰部，雙腿彷彿不受控制一般的癱在地上，強烈的抖動讓她完全沒有辦法移動身體到座位上坐好。

是直升機在晃……直升機……可是又不是在高空遇到氣流，為什麼會晃得這麼厲害啊！

原本一臉淡定的十秋，這時才像是意識到大事不妙般的皺起了眉頭，意圖站起身，卻也被越發厲害的震動摔回了座位上。

前方的駕駛員滿臉的惶恐：「十、十秋閣下！直升機……直升機不受控制！」

……喂不是吧！

眼前一片天搖地晃的夏憐歌，感覺自己的心頓時涼了半截。

十秋暗暗的啐了一聲：「有人在附近使用ESP干預嗎？」

……搞什麼啊！這場景在開學的時候不是才發生過一次嗎！為什麼現在會輪到自己正在乘坐的直升機啊！她究竟、究竟惹惱了哪路神仙——

龐大的直升機像一隻被擊中的野雁般筆直的墜落下來。夏憐歌被擠在狹小的空間之中，感覺風伴隨著螺旋槳的噪音在自己耳邊呼嘯而過。艙內的空氣燙得好像要把一切全部燃燒盡殆，心臟被與自己逆向的氣流擠壓著，疼痛得彷彿隨時都要炸裂開來。

她甚至聽到了廣場上那些本來滿心歡喜的學生們此時驚恐萬分的尖叫聲。

招夜哥哥……招夜哥哥！我的人生就要這樣子結束了嗎？我就要……這樣子跟你說再見了嗎？

淚水還沒溢出眼眶，就被灼人的高溫蒸發。夏憐歌緊緊的閉上雙眼，卻突然感覺有人覆上了自己的身體。

世界好像在那一瞬間全部消音。

倉皇的駕駛員像是賭上了最後一把，情急的轉了個方向，直升機就這樣快速的往那成堆的彩色氣球俯衝過去——轟然一聲，像倒數完畢的定時炸彈驟然爆開一般，直升機慘烈的栽在了鋪滿氣球的磁磚上！

蕩起的塵煙漸漸消弭開去。原本作鳥獸散的人們一下子圍了過來，看著地上的殘骸，發出鬧哄哄的吵嚷聲。

「第二次了！開學以來是第二次了！學院因為建立在海島上結果被人魚詛咒了嗎！」

「好可怕……不知道萬聖節舞會，會不會又因此取消？」

「上一次是廣告飛艇，這一次是……直升機？」

夏憐歌微微能聽見耳旁那一堆像蜜蜂一樣嗡嗡嗡煩人的嘈雜聲。

她感覺自己被包裹在無窮無盡的黑暗裡，但是周邊的空間又不是十分巨大，上面還有人壓著……好重……腳好痛……

自始至終她都沒敢睜開眼睛。

就在這時，不知道誰喊了一句：「等等，那機身上的標誌……不是儲君的標誌嗎！這架是儲君專用的直升機！」

「欸欸欸——？不是吧！蘭薩特閣下和十秋閣下有沒有在上面？」有人驚聲叫出。

「又是黑騎士聯盟的陰謀嗎？」

人群又開始哄鬧起來。

夏憐歌感覺有人跑過來掀開堆在自己上面的殘骸。陽光一點一點的漏進，像是黏膩的蜜糖，在她的眼皮上抹開了一圈又一圈的橙白色。

直到有人將她從裡面拉出來，她才緩緩的張開雙眼。

一看清周圍的情況，夏憐歌的耳旁立即傳來了少女們驚恐的叫嚷：「啊啊啊啊十、十秋閣下！」

她慌忙望向發出聲音的地方，發現十秋被幾個穿白制服的騎士扶住肩膀坐在地上，滿頭鮮血的樣子甚是駭人。

他皺眉低吟一聲，用手碰觸額頭的時候，汩汩而下的鮮血滑膩觸感，瞬間讓他愣了一下。

「喂……你、你沒事吧……」強忍住腿部的疼痛，夏憐歌正想衝到十秋面前察看他的傷情，卻看見少年的眼神不知為何忽然暴戾了起來。

也不清楚在發什麼火，十秋手臂一甩，把幾個想要幫他包紮傷口的白色騎士全部揮開。

「滾！別靠近我！」

她還是第一次看到這樣子的十秋，簡直就像隻暴怒的獅子一樣，朝他邁去的步伐也僵在原地動彈不得了。

幾個白色騎士站在原地面面相覷，除了趕緊聯繫救護車之外，也不知道應該怎麼辦了。

夏憐歌因為一直被十秋護在懷裡，除了腿上受了點輕傷之外，身體倒沒有其他大礙。

看著十秋那不讓其他人幫忙、強撐著要站起來的模樣，她輕輕的斂起了雙眉，趁他不注意時悄悄挪近了幾步，剛想拜託人去聯繫蘭薩特的時候，站在離她最近的一個女生卻突然在眾目睽睽之下，像是被卸掉的軟體一樣消失了。

……消失了。

沒有任何的預兆，簡直就像蒸發一般，消失得一點蹤影都沒有。

夏憐歌怔怔的望著那邊，原本鬧哄哄的人群也一下子變得鴉雀無聲。每個人都望向那個女生消失的方向，好像還沒反應過來究竟發生了什麼事。

直到不遠處的另一個女生也在這無邊的靜默中像變魔術一樣消失了，群眾才像炸開了鍋一樣驚醒過來。

「發生了什麼事！為什麼人會這樣無緣無故的消失了！」

「是傳說中的吸血鬼嗎……殿騎士聯盟究竟在搞什麼啊還沒捉到犯人嗎？」

第三個、第四個……彷彿迅速傳播的病毒一樣，消失的人數還在不斷增加。學生們像一群受驚的水鳥般四處逃開，害怕下一次就輪到自己遭殃。

白制服的騎士們一下子亂了手腳。夏憐歌也一臉呆滯的愣在了原地，現在這種場面簡直就超出所有人的預料範圍，她覺得自己的腦袋像一鍋被人攪得發泡的白色糨糊。

就在這時，在廣場中央的天馬雕像上，突然憑空出現了一道修長的黑影。

所有人的目光頃刻被吸引了過去。那人的黑紅色斗篷被風鼓得獵獵作響，如同一雙黑色的翅膀在背後張開，寬大的帽子蓋住了眼睛。他彎起嘴角露出嘲諷的笑，像是在譏笑白色騎士們的無能一般。

「……吸、吸血鬼出現了啊啊啊——」

人群的驚慌立刻上升到了無法控制的程度。

看著如此混亂的場面，立在雕像上的人笑得張狂又不羈，抬起右手掩了掩蓋在頭上的帽子。這時夏憐歌注意到了，他的右手上戴著一個紋有銀鶴的黑色手套，左手卻什麼都沒戴。

正當夏憐歌覺得奇怪的時候，那人卻忽然像看到什麼駭人的情景般滯了一瞬，脣邊的笑容迅速消失了。

夏憐歌看不清他完整的表情，只覺得他佇在高處的身軀好像遲疑了一下。

但也就僅僅那麼一下，或許只是她短暫的錯覺，下一秒，黑色影子再次掩了掩帽子，躍起來朝遠處飛速跳去，姿勢宛若直衝雲霄的鷹隼，氣勢高昂，長長的斗篷一拂，從頸邊瀉出了一抹流光。

那畫面定格在夏憐歌眼裡，灼得她眼角隱隱灼痛。

那是一個嵌著白亮水晶的純銀吊墜，夏憐歌認得那吊墜。

她不由自主的抬起手，握住垂在自己胸前的項鍊，用力到幾乎把那枚六芒星緊緊的嵌入手掌裡。

在她九歲生日的時候，哥哥送給自己的六芒星項鍊，夏憐歌到現在都珍惜的戴在脖子上。

而作為生日禮物的回禮，她當時砸破了自己心愛的粉色存錢筒，將壓歲錢和零用錢湊起來，買了一個看起來圓潤可愛的鍍銀小雞吊墜送給他。

小雞吊墜的眼睛是玻璃水晶，小巧玲瓏。不是什麼高級貨，但對那時候的夏憐歌來說，已經是可以送給一直疼愛自己的哥哥的，最珍貴的禮物。

那時收到禮物的哥哥露出了無奈又憐愛的笑容，伸手輕輕的撫著她的頭，溫聲問道：「憐憐為什麼會想要送給哥哥這個東西？」

夏憐歌高興的眨眨眼，歡聲說：「因為憐憐喜歡！」

「妳喜歡，怎麼不買給自己？」

「因為不是我最喜歡的，我最喜歡的是哥哥。哥哥一定要天天戴著。」夏憐歌抬首去看坐在身側的少年。逆著光的輪廓被鍍上奢華的蜜金色，連陽光都沉溺在他那溫柔的容顏裡。

「好，好，哥哥天天戴著。」

夏憐歌說：「一定，一定要喔，不可以拿下來。」

「好，哥哥答應憐憐……」

「真的嗎？」

「真的……」

少年笑了起來，那聲音在記憶裡迅速的融化，既在那裡，卻又捉摸不出形狀，似要委地而亡一般。

一聲尖利的聲響灌耳而入，夏憐歌記憶裡的那段光景陡然跌碎在眼前，跌得鏗鏘。就在剛才吸血鬼站立的天馬雕像旁，一具玻璃雕像被翻倒在地，摔了個粉碎，鋼化玻璃碎成一顆顆，滾得滿地都是。

那身影眼看就要消失在廣場的尾道上。

愣愣的看著從他頸邊流瀉而出的吊墜殘影，夏憐歌已經沒法再去思考什麼了。

他是之前那個神秘的「夏招夜」嗎？

真的如十秋所說，他是黑騎士聯盟的人嗎？

不，不對……之前那個「夏招夜」沒有那枚吊墜。

是的，她就是因為發現了這個，才會開始懷疑他的身分。

因為哥哥答應過自己，他絕對不會把吊墜拿下來。

那麼……那麼這個吸血鬼……

「站住！」想到這裡，夏憐歌心中陡然升起一股莫名的勇氣。

會是哥哥嗎？

他會是真正的招夜哥哥嗎？

她苦苦尋索了兩年的哥哥……

「夏憐歌！別去……」

夏憐歌跑得飛快，身後是十秋漸去漸遠的聲音，伴著周遭的喧雜，混成一線抖動的長長的尾音在腦海裡迴盪。

她完全沒經思量，身體就本能的追了過去。那意念穿胸而過固死在那裡，所有的東西都干預不了她。

她是為了尋找那失蹤了兩年、音訊全無的招夜哥哥而來到這所學院的，前幾日遇見的「夏招夜」僅僅是他人冒充，今日再碰上端倪，怎麼可能放它走！

「站住！站住！」

那身影越過北角大道拐進林園裡，似乎對地形熟悉得很，在樹林間健步如飛。夏憐歌奮力跟上，喘得胸口發痛，四周的樹影像是快轉的錄影帶般，模糊成一片雜亂的色塊。

忽然眼前一白，穿過林園後，前方是一片下陷了兩公尺高的平臺，四周有樓梯通到平臺下，邊緣圍了一排古怪的動物雕像，有大鳥、有獅子、有蟒蛇，中央則是一個大理石雕琢而成的拔劍向天的騎士，胯下白馬昂首嘶鳴。

那人就站在騎士的肩上，有如立在山巔的峭石，斗篷被狂風拂動，鼓得霍霍作響。

這時，四周響起震耳的鳴叫，平臺周邊突然噴起四面水牆，片刻又冒出無數直沖天頂的水柱，裡外交織，宛若一個巨大的鳥籠，將裡面的騎士雕像囚在中央。

翻騰的水霧在日光下折出千萬道彩虹。

等到水簾幕退了下去，夏憐歌粗喘著氣四下張望，那影子卻已經不見了。

◇　◇　◇

順著來途折回後，夏憐歌心頭的那番悸動依然久久平復不下來。

那邊受了傷的十秋又根本不讓人靠近他一步，整個人簡直就跟得了狂躁症一樣，甚至把一個想過去攙扶他的騎士揍得也躺地上了，最後還是被趕過來的醫生打了鎮靜劑才失去攻擊力，昏昏欲睡起來。

夏憐歌和醫生們費了好一番工夫，才將十秋送到位於都夏區的醫院裡。

整座醫院呈現倒三角形，門口處刻有簡約的薔薇花紋，是座相當氣派並且現代化的時髦建築。不過裡面倒是裝飾得樸素淡雅，純白色的牆壁上有古代神祇的浮雕，看起來頗有教堂那種莊嚴神聖的味道。

夏憐歌又在心底默默的感嘆：果然是該死的有錢人，明明是座醫院，幹嘛非得弄得像藝術畫廊一樣。

儲君的病房位於最頂層，打開窗子就可以望見全島的景象。

當蘭薩特風風火火的趕到病房時，醫生已經為夏憐歌和十秋清理好了傷口。十秋的腦部雖然受了點震盪，但好在直升機墜毀時有大堆的氣球當緩衝，傷得倒也不算太大。

「混蛋！怎麼會……」蘭薩特一個情急，全然不顧自己正身處醫院便大喊出聲，待他注意到病床上的十秋還沒有醒來時，立刻將自己的聲音壓低：「怎麼會發生這種事？」

想起了當時十秋在直升機裡所說的話，夏憐歌頹廢的像隻萎靡的獵物。「……十秋他說，那時候可能有人在使用ESP。」

「有人故意的？」蘭薩特挑高眉，隨手拉開身旁的椅子坐下。「很好，又是黑騎士聯盟搞的鬼嗎？直接動到我的人頭上來了？」

他的眼睛裡閃爍著有如利刃般尖銳的光。

夏憐歌驟然感到前所未有的寒意，再補充了自己當時見到的怪事：「而且在事故發生之

前，我看到直升機窗外躍過一道黑影，原本以為是錯覺，但沒想到接下來就發生了這件事和吸血鬼事件……怎麼看都不像是偶然。」

「哼。」蘭薩特不屑的冷哼一聲，「在光天化日之下大搖大擺襲擊人的傢伙，還能稱為吸血鬼嗎？」

「欸？可是之前在小說漫畫裡看到，現在的吸血鬼好像都不怕陽光了啊？」夏憐歌有些好奇的睜大了雙眼。

這白目發言果不其然的迎來了少年鄙夷的目光。「胸大無腦的女人好說還有點觀賞價值，妳連當一個花瓶的資格都沒有。」

「喂！」被戳到痛處，夏憐歌忿忿的站起身做攻擊狀。「別再針對我的胸部了啊你！」

「針對妳的胸？」像是聽到什麼驚天動地的蠢事一樣，蘭薩特挑起嘴角笑得輕蔑。「不，妳搞錯了，我才不會針對那種一開始就不存在的東西。」

「你……！」混帳蘭薩特我詛咒你不得好死！

懶得理她一副看見殺父仇人般的表情，蘭薩特靠在椅背上伸了個懶腰，將之前的話題接上：「無論是什麼時候的吸血鬼，陽光永遠都是他們最大的弱點。相反，純銀十字架、大蒜、白色百合之類的東西，對他們倒是起不了太大的作用。」

「那你的意思是……？」

「果然還是黑騎士聯盟的人幹的。今天特意製造這麼大的混亂，簡直就像是在跟我示威一樣。」蘭薩特眼裡燃起了熊熊的怒火。說到這裡，他像是突然想起什麼似的沉下了臉色，「被捉去的交換生一個也沒有回來，襲擊事件又持續發生……難道目標是帕蘭特斯交換生……所帶的什麼東西嗎？他們是打算一個一個捉回去搜尋？」

話一出口，夏憐歌不由自主的想起了那條價值連城的項鍊。

那邊的蘭薩特也脫口而出：「『布里辛克』……嗎？」

半晌，他又不禁冷笑一聲：「以他們的能力，明明可以用更簡單的方式奪得項鍊，卻偏偏如此大費周章。這是打算向別人證明我們這些管理者有多無能、連區區交換生都保護不好嗎？果然是黑騎士聯盟的作風啊。」

這時，病房的門突然「啪」的一聲，被人狠狠的推開。夏憐歌上次見到的那名帕蘭特斯少女使節站在門口，臉上雖帶著完美無缺的笑容，實則卻隱隱透出一股怒氣。

她禮貌的欠了下腰：「您好，蘭薩特閣下。」接著抬起頭來，彷彿被模具固定一般的微笑讓人感覺到異常不舒服，「對於今天我們這邊有這麼多人失蹤這件事，您不打算給帕蘭特斯帝國一個交代嗎？」

蘭薩特用手順了順肩上的金髮，挑高眉，明顯對她的態度感到不爽。「妳沒看見我在照顧病人？居然不說一聲就跑到這裡來，架子挺大的啊？身為使節，連最基本的禮儀與常識都不懂嗎？」

少女使節沒有露出生氣的神色，不卑不亢的聲音裡卻多了一絲似有若無的嘲諷：「我只是覺得，從其他學院裡來的交換生在這裡頻頻失蹤，傳出去可能對貴校的名聲不太好。」

蘭薩特被激怒了。「妳還真的以為有帕蘭特斯帝國撐腰，我就不敢拿妳怎樣是吧？我這邊的人也受傷了，妳沒看到嗎？況且如果不是因為你們這群交換生，怎麼會發生這麼多事？」

「……抱歉，我不認為推卸責任，是身為薔薇帝國儲君的你應該做的事。」少女使節毫不退讓，雖然依舊笑得無懈可擊，眼神卻開始犀利了起來。

「哼。」蘭薩特坐了下來，斜睨著她，冷笑說著：「也許襲擊者的目標，就是你們帕蘭特斯帝國那條『布里辛克』項鍊呢？或許你們應該小心一點，別這麼張揚？」

「……身處屬於您的學院裡，我覺得您有義務替我們保證項鍊的安全。」少女使節的臉色陰了下來，但話裡仍舊針鋒相對。

「放心，既然知道了襲擊者的目的，我就不會讓你們的項鍊有所損失。」蘭薩特露出了玩味的笑，「但也請你們交換生收斂一下行為如何？我並沒有提前把帕蘭特斯將在萬聖節舞會上展出項鍊的消息公布出來，這次會洩露風聲，怕是你們那邊的人太過囂張了吧？」

少女使節的笑臉出現了一絲裂痕。「是，我們會好好注意的。也希望您能妥善保管好『布里辛克』項鍊。」

「這個不用妳教我。」蘭薩特不耐煩的轉開臉，擺出一副想儘快結束談話的表情。「行了，就這樣，別影響病人休息了。」

「……打擾了。」少女使節朝蘭薩特鞠了一躬，便直起身子離開了病房。

蘭薩特盯著她離去的背影「嘁」了一聲，又回過頭來喃喃了句：「帕蘭特斯的女人真難對付。」

說著，目光移到躺在病床上昏睡的十秋身上，他有些煩躁的皺起眉頭：「真是的，夏憐歌，如果不是因為妳的話，十秋也不會傷成這樣。」

「為什麼又是我啊！」原本還在思索吸血鬼與吊墜的事，被蘭薩特平白定出個罪名來的夏憐歌一下子炸了開來。「而且如果不是你非得讓他帶我回去的話，也不會發生這種事啊！你究竟有什麼急事非得叫我那時候回去不可？」

「還不是因為想和妳……」話吼到一半卻又嚥了回去，蘭薩特的臉上驟然泛起了可疑的紅暈。過了好一會兒，他才恢復原本的樣子，輕聲道：「不，沒什麼。」

他臉上的表情居然奇蹟般的柔軟了下來。

04

排練✢華爾滋✢雙人圓舞曲

沒想到，踩錯了腳步，兩人的身子一晃，夏憐歌順勢撲倒在蘭薩特懷中，雙雙跌翻在地。

她身下的蘭薩特卻呈現一副無所謂的樣子挑挑眉。

不知道何時出現的十秋，露出意味深長的表情，說道：「抱歉，請當我沒來過，你們可以繼續。」

✢ The Waltz for Two People. ✢

夏憐歌看了他一眼，也沒往心裡放，腦裡想的淨是夏招夜的事。

為什麼襲擊交換生的吸血鬼會有自己送給哥哥的吊墜？難道他就是招夜哥哥嗎？如果是，為什麼看見她也不停下來？他在失蹤的兩年裡，到底遇到了什麼事？

所有的思緒都盤踞在夏憐歌的腦海裡揮之不去。手裡的線索寥寥無幾，根本不能將事情理清。可是她不打算將這件事跟蘭薩特說，她需要先靜一靜。

蘭薩特見她一臉憂鬱，似乎察覺出一絲異樣，在她轉身要走的時候上前兩步，橫蠻的將她拉住。「妳怎麼了？」

夏憐歌掙開他，有些吃痛的揉了揉手臂。「沒事！什麼怎麼了？」

「真的沒事嗎？」蘭薩特露出古怪的神情打量著她，語氣裡透出了關切。

夏憐歌被他那忽然溫柔萬丈的態度弄得渾身不自在，忍不住移開目光大喊：「我都說沒事了！有事的那個不正躺著嗎！我、我先回教室去了！今天還有課。」此時此刻她只想腳底抹油溜之大吉。

沒想在她拔腿前，蘭薩特一個臂膀橫了過來，把她卡在門前。「不用了，下午我幫妳請了假，我這邊有點安排。」

不好的預感像漁網一樣把心緒罩了個嚴實，夏憐歌只覺得蘭薩特營造出來的氛圍讓人心慌，不由得撇撇嘴放低了聲音：「什麼安排……？」

話音剛落，蘭薩特轉身走向病房的陽臺，揚臂推開那扇落地玻璃門。陽臺外的陽光和吵雜刺耳的直升機螺旋槳聲如潮水一般湧了進來，捲起的風吹得衣服獵獵翻動。

蘭薩特看著那架懸在半空的直升機，眼神似乎有些不滿，立在原地細細端詳了一陣，才有些認命的嘆了口氣：「算了……雖然這架沒儲君專用直升機好，不過沒辦法，湊合幾天吧。」

……看來在這人眼裡，撞壞一架直升機跟摔壞一只杯子差不多。

直升機的繩梯從外頭拋進陽臺，蘭薩特俐落的攀了上去，回身向夏憐歌伸出手臂。「上

來，夏憐歌！」

夏憐歌看了一下陽臺，想到自己剛才差點死於空難，不禁有些心驚膽顫。

蘭薩特見她神色猶豫，又將手往前遞了幾分，揚聲道：「我在這！會牽著妳的，別怕，不會讓妳掉下去！」

蘭薩特的聲音像是淹在海中，透過水為媒介傳進她耳裡，清晰卻不透澈。

那一瞬的光景如同在記憶的長河裡溯流而上，夏憐歌彷彿看見很多年前兄長的身影。

許久以前，她家門口有一株高大的細葉榕，根鬚茂盛，枝葉扶疏，過年時爬到枝頭上，就能看見老遠處的煙火，在夜空中綻得花團錦簇。當時哥哥就坐在樹上朝她伸手，半明半暗的燈火映著他的側臉。

他說：「憐憐，上來就看見了。不怕，哥哥在這裡，不會讓妳掉下去哦。」

不怕，不會讓妳掉下去哦。

都多少年前的事了……而這一刻，她竟然就像是抱著以往對兄長的信賴一樣，無須思慮，連距離也不必丈量，毫不猶豫的就向那個少年交出了手。

不到二十分鐘，直升機就在一個巨大的花園廣場前停了下來。十幾公尺長的走道直通建築門前，兩旁立著姿態各異的騎士雕像，蘭薩特跳下直升機，帶著夏憐歌走了進去。

原以為會出來一堆穿著制服的女僕鋪開地毯列隊迎接，結果一個人都沒有。

蘭薩特打了一個響指，那道三公尺高的白漆雕花鐵門緩緩開啟。

夏憐歌探進腦袋。只見挑高的哥德式大廳華美至極，陽光透過鑲嵌著彩色玻璃的天頂散落下來，折射出旖旎的光芒。地板是以大理石拼接成精緻的旋花圖樣，一圈圈的糾纏交織，非常夢幻。

她瞪大眼環視四下，不明所以的看著蘭薩特。「你帶我來這幹嘛……」

蘭薩特的聲音淡淡的：「練舞。」

「練、練、練舞？」

「當然，妳不是不會嗎？」蘭薩特勾起嘴角哼了一聲。「身為儲君的騎士，在舞會上連一支簡單的舞都不會跳，不是讓人笑話嗎？」

「是是是，一切都要為你這個自戀狂的面子工程做建設！」一聽到這話，夏憐歌簡直沒辦法控制自己，不顧形象的大吼出聲。

過了好半晌她才覺得不對勁，連忙警戒全開的後退幾步。「但練舞需要帶我來這麼豪華的地方嗎！隨便找個地方放點音樂不就好了？你、你、你是不是有什麼不良居心！」

蘭薩特瞬間停滯了幾秒，反應過來後，立刻換成受到極大侮辱般的惱怒表情。「這是我家用來放廢棄物的地方！妳沒看見天窗都是貴族不屑用的低檔款式嗎！而且我會對妳這種連胸部都沒有發育完全的人有什麼居心？妳對自己的自信跟實際觀賞度完全不成正比啊夏憐歌！」

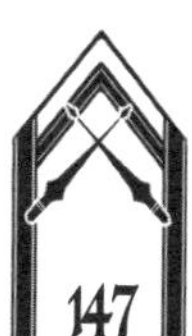

「我的胸部到底哪裡得罪你了啊混蛋！而且我說了我是C Cup！C Cup！你是理解能力不好還是聽覺神經壞死？這種地方是你家的廢物倉庫那你家呢！怎麼不見你家在哪裡！」夏憐歌氣急敗壞的朝他大嚷。

蘭薩特揚手指向門外，一條大道直通岸邊。這動建築是建在海崖之上的，往遠處望去，便是一片與海天相接的地平線。

他一臉毫不在乎的聳了聳肩，解釋道：「在往東二十海浬的蘭斯迪爾島上。要回去的話，我都在這裡等私人飛機或者郵輪來接送，不過因為要上學，老是這麼來回很麻煩，所以一般不怎麼回家。」

……也就是說，這個豪華得像皇宮的地方不止是廢物倉庫，同時也是儲君回家的中轉站是嗎？

雖然已經司空見慣，但夏憐歌還是按捺不住的在心裡將這死有錢人的全家問候了一遍。

心裡不平衡到極點，夏憐歌轉身用一副厭煩又嫌棄的表情看著蘭薩特，沒好氣的抱怨起來：「你說練舞，那要怎麼練啊？至少給點音樂吧！」

聽她這麼說，蘭薩特忽然露出有點神秘的笑容，抬手指了指天頂：「聽不見嗎？《Por Una Cabeza》的曲子──」

那個聲音像是輕羽落水，瞬間百般漣漪泛起，一念間便蕩漾了數里。蘭薩特的尾音拖曳開來，竟然就在耳邊衍生成了曲調。

夏憐歌忽然想起之前十秋跟她說過的、一些關於ESP的事。

他說，他們這類人的ESP是與生俱來的，但會因為後天的性格、記憶和所經歷的事而有所改變。能夠擁有這種能力，是上天給他們的補償。

無論是蘭薩特還是十秋，抑或是那些在學院裡就讀的學生，到底是怎麼樣的遭遇，才讓他們有這樣的能力？

而能將血液化為馨甜的薔薇，還可以讓原本無聲的空間瞬間泛起動人樂曲的蘭薩特，又擁有著怎樣的ESP呢……

夏憐歌想著，定定的看著他，耳畔是如行雲流水一般的舞曲旋律。

蘭薩特負著左手而立，朝夏憐歌遞出右手，躬身一禮。那邀舞的動作恬靜又優雅，像是定格在油畫裡最動人美好的畫面。

她猶豫了片刻，才硬著頭皮上前一步，扭扭捏捏的學著回了個禮，把手疊了上去。

輕盈曖昧的光線之下，無法辨認到底是從哪個方向飄來的管弦樂緩緩掠過耳旁，少年踏著高貴優雅的步伐，前進、橫移、並腳、慢三拍，有如溫柔靈動的海浪。

「……你踩到我了夏憐歌。」蘭薩特怕破壞氣氛，盡量把聲音壓了下來。

「……」好、好吧。

「妳……妳到底有沒有在聽拍子啊？妳又踩到我了！」不到半分鐘他又喊了一句。

「……」先、先忍著。

「妳故意的吧！是妳跳男步還是我跳男步啊，妳動作全部反了！」

夏憐歌的忍耐到了極限，咬牙切齒的抬起腳就往蘭薩特腿上踹了過去。「夠了混蛋！我還是強忍著腳傷跟你練舞的呢！就算不心懷感激，至少也體諒我一下啊！」

蘭薩特痛得踉蹌退了兩步，「別開玩笑了！妳那點傷能叫傷嗎！誰受傷了還能踹得這麼重——」然而話音未落，他突然腳底一滑，整個人就要往後倒去！

蘭薩特連忙兩手往前胡亂一抓，想找個扶持，沒想到卻拉到了夏憐歌的肩膀。夏憐歌壓根也沒料他來這麼一下，馬上驚聲尖叫起來。兩人的身子一晃，夏憐歌順勢撲倒在蘭薩特懷中，雙雙跌翻在地。

「咚」的一聲悶響，聲音重得像千斤重的秤砣落到地上一樣——蘭薩特的腦袋似乎磕到地板了。夏憐歌聽得心裡一跳，害怕他就這樣暈死過去。要是一下子害得兩個儲君都躺進醫院，她要怎麼跟殿騎士聯盟解釋啊！

想到事情的嚴重性，她連磕疼的膝蓋都顧不得，趕忙要從蘭薩特身上爬起來，結果一抬頭，頸脖上被什麼東西一勒，差點沒背過氣去。

夏憐歌低下頭，發現自己校服上的領帶不知道怎的跟蘭薩特胸前的鈕釦勾在一起了。而蘭薩特倒是異常清醒，睜著一雙眼睛玩味的看著她，又看看領帶，再看看她。

她頓時覺得臉上一熱，整個人都快燒了起來，急得死命拉扯著領帶，但那東西的料子跟做工實在一流到不能再一流了，竟然連線頭都拉不掉。

正倉皇失措間，又聽見蘭薩特火上添油的用他那欠揍語氣說著：「妳小心點，夏憐歌。這衣服的鈕釦都是純銀打造、以最好的工匠手工鏤雕的，上面鑲的小鑽掉一顆妳都賠不起。」

夏憐歌這回在心裡把他娘家遠房親戚都一起罵了進去，心裡想著拉不掉就乾脆脫了！但自己的領帶打得實在是太短了，根本不能從頭上取下來。

那就沒辦法了……她頓時目光一凶，二話不說，就粗暴的去剝蘭薩特的衣服。

蘭薩特還沒有反應過來，就感覺身上飄來一片陰影。他抬起頭，發現此時應該躺在醫院的十秋不知何時站到了一旁，撫著下巴，用一種正在觀賞外星人解剖現場的表情看著他們。

這時，一臉餓狼模樣的夏憐歌才感覺到不對勁，仰首順著蘭薩特異樣的目光望去，在看清來人的那一瞬間停住了所有動作。

她身下的蘭薩特卻一副無所謂的樣子挑挑眉，呈大字型躺著任人擺布。

十秋抬著食指摸了摸下唇，露出意味深長的表情，然後不知道從哪裡掏出PSP，一邊按下開關一邊掉頭就走。「抱歉，請當我沒來過，你們可以繼續。」

夏憐歌的腦袋裡瞬間像被放了一發閃光彈，刷的一下白了，三秒後才張牙舞爪的尖叫起來：「你不是應該在醫院裡躺著的嗎！為什麼走路一點聲音都沒有啊！等等！不對！不是那回事！聽我解釋啊混蛋！十秋朔月！你回來聽我解釋——」

十秋完全置若罔聞，拿著PSP的耳機就往耳朵塞去，把門帶上的那一剎那還回過頭，一臉鄭重的朝他們揚起了手。「Enjoy yourselves.」

看到你那形如「今晚不做完作業就繞赤道跑五百圈」的嚴肅表情，誰還enjoy的下去啊！不對這不是重點！enjoy 你個大頭鬼啊啊啊啊啊啊！

夏憐歌突然覺得自己大概可以理解孟克在畫那張《吶喊》時的內心感受了。

十分鐘後，蘭薩特穿著一件白襯衫走出來，身後跟著的夏憐歌一臉殺氣的幫他抱著外套。十秋正坐在外面的花壇秋千上打遊戲，看見金髮少年的身影，站起身淡定的收起PSP。

蘭薩特沉著臉看他，柚木綠色的眼眸囤了幾分似是而非的擔憂，他突然猛一個抬手按在十秋的額上，幾乎把人按得人仰馬翻。「你不在醫院躺著來這做什麼?沒事了?」

十秋拉下他的手，表情依舊像是由模子印出來一般的平靜。「沒事，剛才……」話說到一半，就看見夏憐歌那畏畏縮縮的目光。他把眼神往那邊一斜，問了句：「怎麼了？」冷靜下來後的夏憐歌才想起之前十秋把人往死裡揍的情形，身子不由自主的往蘭薩特肩後縮了縮，這才小心翼翼的探出頭來。「接……接近你沒關係嗎？」

「我怎麼了？」十秋皺眉露出了沉思的表情。

「少來了！你受傷那時……」夏憐歌抬手就往十秋的鼻前指了過去，但沒過一會兒手指就抖得像什麼似的。「那時的……攻擊力……」

——攻擊力蹭蹭蹭蹭蹭的往上升啊！簡直就跟被常清附體了一樣好嗎！在這裡裝什麼無辜啊你！

好像已經從這隻字片語裡知道了她要說什麼，十秋恍然大悟般的扶了扶眼鏡，直截了當的說了句：「別在意，我恐血而已。」

「……」

騙鬼啊！誰恐血恐成你那樣！

夏憐歌沉默的在內心咆哮著。

從他們倆的對話中看出些端倪，身旁的蘭薩特「噗嗤」一聲笑了，安慰似的拍了拍夏憐歌的肩膀。「別在意，他真的只是害怕血而已。」

「……怎麼可能不在意啊！」夏憐歌簡直覺得自己的世界觀都要被顛覆了。「那哪叫恐血啊？那叫見血瘋好嗎！」

「哈哈哈！」蘭薩特終於忍不住大笑起來。「我一開始也不相信呢，十秋看起來完全不像是會害怕血的人嘛，但是後來發生的一件事就讓我不得不信了。」

……不，重點不是「他會不會恐血」，而是「他那種行為壓根不能叫恐血」好嗎……

想雖然是這樣想，但夏憐歌還是抑不住好奇心的問了一句：「什麼事啊？」

蘭薩特的眉眼裡浸染上了淡淡的溫柔。「嗯，那是挺久之前的事情了，是在我們認識之後的第二年——」

那時的少年們還僅僅是十一、二歲的孩子，稚嫩的臉龐尚未被時光磨出見證歲月的稜角。

「喂……朔月你真的不知道回去的路怎麼走嗎？」揹著弓箭的金髮男孩騎在馬背上，臉上露出了些許委靡的神色。

「不知道。」旁邊戴著眼鏡的黑髮男孩毫不含糊的應道。

蘭薩特轉過頭來，像在看最後的救命稻草般的盯了十秋好一會兒，見他還是一副面無表情的樣子，終於認命的垂下腦袋，微鼓起雙頰，低聲的喃喃自語：「……但這是在你家附近耶。」

「確切的說，這裡依然屬於我家範圍。」十秋扶了扶眼鏡。這座名為圖柏島的島嶼全部歸十秋家族所有。

蘭薩特單薄的雙肩沮喪的垮了下來。看他這般垂頭喪氣的模樣，十秋沉默了一陣，終於輕不可聞的嘆了一口氣，語氣老成得根本不像他這年齡所該有的。

「之前就跟你說了，這部分的山林沒有經過開發，全都保留著島上最原始的狀態，就連十秋家的人也不清楚這裡面究竟有些什麼。山腳下那個狩獵廣場還沒辦法滿足你打獵的欲望嗎？為了逞一時的英雄而跑去挑戰危險的未知事物，是相當愚蠢的行為。」

蘭薩特不服氣的握起了雙拳。「明知山有虎，偏向虎山行，才是男子漢應有的氣概啊！」

「所以你現在就要為你的男子氣概付出代價了。」十秋毫不留情的直戳要害。

騎在前方的男孩一下子就中槍了，垂頭喪氣的低下了腦袋，連他胯下的赤馬似乎也變得無精打采起來。

視野所及之處全是一大片望不到盡頭的樹，伸展開來的枝椏彷彿活起來一般往四面八方蔓延過去，將頭頂上的天空縛得嚴嚴實實。光線被隔在蒼鬱得嚇人的枝葉之外，四周盡是死氣沉

沉的灰綠色。

颳過耳側的風似乎變得冷冽起來了，遮天蔽日的繁茂樹冠，讓他們開始產生一種奇異的錯覺：這座山林是一隻狡猾又卑劣的怪物，那些淹沒馬蹄的雜草以及扭成奇怪形狀的藤蔓，是牠蠕動的腸道，而自己早已在不知不覺中被山林吞噬掉了。

十秋抬頭環顧了下四周，少許滲進來的光線都透著森森的綠，按照他們進來的時間來算，現在大概是下午四點多，然而在這片茂密蓊鬱的林子裡，子夜般的黑暗卻漸漸降了下來。兩人騎馬踏著各種叫不出名字的植物兜兜轉轉，總感覺像在同一個地方打轉，到處都是讓人熟悉又陌生的、令人煩躁的景色。

視野裡的能見度已經不高了，從剛才就一直在趕路的兩匹馬也有些困乏的慢下腳步。十秋抓緊了韁繩，剛想提議休息一下的時候，就聽見從蘭薩特那裡傳來了「咕嚕咕嚕」的聲音。

他盯著對方的背影，前方的男孩卻好像什麼事也沒發生一樣，繼續往前走。

「……還好不是全無收穫。」十秋拍了拍掛在馬後的兔子和野雞，然後朝蘭薩特喊了一句：「休息一下吧，順便吃點東西。」

「我不餓。」金髮男孩說得大義凜然。

「但是我餓了。」

說完，十秋也不理蘭薩特的反應，逕自下了馬，找了個比較平整的地方坐下來。

也不知道年僅十一歲的他為什麼會對這些事情輕車熟路，撿木柴，生火，處理食物，等到他將插入木柄的兔子擱在篝火上烤時，也不過半個多鐘頭之後的事。

蘭薩特抱膝坐在十秋旁邊，不斷向上跳動的火光映在他們的臉上，將侵蝕而來的黑暗驅散了開去。

「對不起哦，朔月……」蘭薩特將下巴埋在手臂裡，悻悻的看著那堆越燒越旺的篝火，緩緩說著：「要不是因為我堅持要來這裡……」

「沒事，我習慣了。」十秋打斷他的話，一臉無所謂的翻動著手上的木柄。篝火之上的烤兔已經變成了誘人的金黃色，香味化為騰騰的霧氣繞了過來。

「習慣了？」蘭薩特有些困惑，然而疑問的話才剛出口，肚子又開始「咕嚕嚕」不爭氣的叫了起來。他瞬即紅了臉，側了側身子往一旁挪過去。

那邊的十秋拋過來一個蘋果。「快好了，先湊合著吃吧。」

「謝謝……」蘭薩特捧著蘋果，有些不好意思的撓了撓頭。

整座森林都非常安靜，只有火舌舔著木柴發出的細微響聲，在耳膜上輕輕的震。偶爾有風拂過，惹得草叢一陣沙沙的響，蘭薩特百無聊賴的咬著蘋果，牙齒摩擦著果肉發出的聲響，在此時顯得特別突出。

忽然，蘭薩特的身體一僵，有些狐疑的抬頭掃視了周圍一眼。光線依然是灰濛濛的暗綠色，到處都是植物形成的森然的影。

他小心翼翼的問了一句：「朔月，你有沒有聽到什麼奇怪的聲音？」

「嗯？」十秋滿意的看著自己手中的傑作，將烤兔又往上抬了一點。

那聲音又近了些，但實在無法辨認出究竟是從哪個方向傳出來的。

蘭薩特皺了皺眉，心臟似乎被吊了起來。「好像是……野獸的喘息聲……？」

話音剛落，十秋甚至都還沒反應過來蘭薩特說了什麼，就感覺一陣勁風掃過自己的後頸，下一秒，一個大得可怕的力道猛的撲向他的後背，他整個人被按在地上動彈不得，摔開的眼鏡碎在了一旁。

蘭薩特一下子愣住了，彷彿被那突如其來的野獸定住了一般，維持著原來的姿勢坐在地上，腦子裡一片空白。

那是一隻彷彿從暗夜裡衍生出來的巨大黑狼，瞠著一雙猙獰又貪婪的眼睛，直勾勾的盯著他們兩人，喉嚨裡發出了低低的咆哮，夾在呼嘯而過的晚風裡，有如來自地獄深處。

黑狼像是要碾碎什麼東西似的，狠狠的踩住十秋的背脊，力氣之大讓男孩乾嘔起來。

十秋咳了幾聲，伸過手去想要從篝火裡取出一支火把，卻立刻被黑狼尖利的前爪按住了腦袋，他緊貼著地面的臉頰被粗糙的地表磨出了血，疼得他竭力伸出的手瞬間軟了下來。而蘭薩特仍滯在原地，眼前的一切有如一場晦澀難懂的默劇，看在眼裡卻什麼都沒有反應過來。

「跑……」十秋艱難的從喉嚨裡擠出一個單字。黑狼按著他腦袋的力道又加重了些，簡直就像要掰斷他的脖子一般。

黑狼低下了頭湊近十秋的頸邊嗅了嗅，閃著寒光的尖銳獠牙從嘴邊露了出來，似乎下一秒就要咬破獵物的頸動脈。此時，蘭薩特瞬間像是被雷劈中了一般，腦海裡什麼都沒想，手腳就自己動了起來——他像一隻不自量力的野貓，往黑狼那邊撲了過去！

十秋一下子愣住了，顧不上渾身的疼痛朝他大喊：「蠢貨！我不是叫你跑了嗎！我不會有事……」

話還沒說完，蘭薩特已經躍了上來，從背後勒住了黑狼的脖子，拚了命的把牠往後拉。凶猛的黑狼發出一聲震耳欲聾的怒吼，放開十秋，反身朝蘭薩特撲了過去。

十一歲的男孩壓根敵不過一隻饑腸轆轆的野獸。

蘭薩特立刻被一股強大的衝力擊飛了出去，下一瞬間，肩頭就被黑狼重重的踩住！黑狼齜裂著巨大的嘴，俯身就咬住了蘭薩特的頸窩！

這一切都發生在不到一秒之內。

璀璨如光的金髮濺上了血，蘭薩特只覺得痛覺像一條冰冷狠毒的蛇噬進了血管裡，紅色的液體發了瘋似的往外湧。他感覺自己漸漸褪成了灰白色，視野裡只剩下一片鋪天蓋地的紅，連呼出的氣息都變得冰冷。

搖搖晃晃站起來的十秋在喊著什麼，他已經聽不見了。

聽覺隨著視覺一起緩緩消失。

世界墜入一片沒有盡頭的黑暗裡……

「接下來發生什麼就不知道了，我是過了好幾天才醒的呢。」說到這，蘭薩特情不自禁的撫向自己的肩窩。

居然還發生過這種事……對當時還是小孩子的他們來說，這是一次嚴重的心理創傷吧？夏憐歌在心裡默默的想著，但聽到最後也沒聽出關鍵來，忍不住又問了句：「這跟十秋恐血有什麼關係啊？」

「接下來才是重點。」蘭薩特突然露出個神秘莫測的笑容來。「妳知道最後我們是怎麼脫險的嗎？」

夏憐歌搖了搖頭。

「我醒來後聽朔月家的管家說，第二天搜尋隊找到我們的時候，我的血已經被止住了，那匹狼也死了，而朔月渾身上下都是跟野獸搏鬥過的痕跡，手臂上還裂了一大道口子。」他特意在手上比劃了一下，從手肘一直延伸到了肩膀上。

夏憐歌不敢置信的瞪大了雙眼。「等等，你的意思是……」

「——朔月一個人把狼殺死了。」蘭薩特聳聳肩，「那張狼皮現在還在他家掛著呢。」

「騙人！」夏憐歌瞬間脫口而出。「明明只是個十一歲的孩子，怎麼可能單槍匹馬殺死一頭猛獸啊！又不是常清！」

……不對！就算是常清，也不一定能在十一歲時就弄死一頭狼啊！

話雖然是這樣講，但她還是不自覺的往後退開了幾步，默默的與十秋拉開了一段距離。

「我當時也是這樣想的。」蘭薩特一副對她的反應了然於心的樣子，咧嘴笑了起來。「之後還特意跑去問朔月是怎麼回事，結果他一本正經的對我說——」

說著，蘭薩特特意擺出鄭重嚴肅的表情，模仿著十秋的模樣，用那種天塌下來也無所謂的語氣說道：「『當時看到血，整個人害怕得不行，但是又不能逃走，沒辦法，只好化恐懼為力量了』。」

「……」

「朔月現在一見到血就變狂躁，我想就是那時候的後遺症。」蘭薩特撫著下巴，驀的又緩緩的放柔了目光。「要是沒有朔月，恐怕我已經葬身狼腹了吧。」

「不，是你救了我一命。」一直沒有出聲的十秋突然冒出一句話來，眉頭跟著輕輕的蹙起。「當時都已經叫你快跑了，沒見過這麼不要命的人。」

蘭薩特卻露出了異常認真的表情，柚木綠色的雙眸彷彿落入了漫天的星辰般熠熠生輝。他對著十秋說：「你可是答應過會一直陪在我身邊的人，我怎麼可能會在那種時候放著你不管？」

「一直陪在你身邊……嗎？」十秋的聲音淡了下來，表情被淹沒在陽光渲染不到的陰影

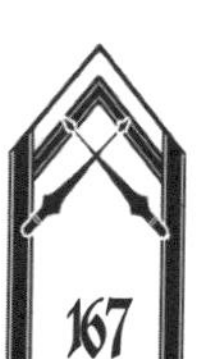

裡，看不清他究竟在想什麼。

夏憐歌看著身旁的兩個少年，又想了想他們剛才的對話，不知為何總覺得哪裡不太對勁。即便聽蘭薩特這樣說，她還是覺得十秋不可能會怕血，更不可能因為怕血而讓整個人都變得狂躁起來。

難道是因為他總是擺出一張鎮定自若的面孔，所以自己才會產生這種刻板印象嗎……

夏憐歌皺起了眉頭，總覺得似乎有什麼畫面正隱隱約約的浮上來，但卻怎麼也記不清晰。

這時，一旁的十秋忽然露出了釋然的微笑，那些靠攏過來的寂靜就被這樣揮散了開去。

「也罷，就當我欠你一條命吧。」

他說著，聲音化在吹過樹梢的午風裡，也就漸漸的淡了。

「有什麼好欠不欠的……」

蘭薩特還想說些什麼，卻立即被十秋轉開了話題。十秋用食指抬了抬眼鏡，臉上的表情又

嚴肅了起來。「在醫院醒來時，殿騎士的人剛好來了點消息，我就過來找你了。」

「嗯？」蘭薩特的目光陡然犀利了起來。「消息？發生什麼事了？」

「吸血鬼又來了，交換生又失蹤了一人。」十秋微微皺起了眉。「我剛才已經先叫常清去調查一下了。」

常清！

一聽到這名字，夏憐歌腦海中那隱隱約約的畫面一下子變得明晰起來了。

之前在跟愛麗絲的打鬥中，受了傷的常清全身是血，那汩汩而出的液體幾乎都要把他的白制服染紅了，但是也沒見十秋有什麼異樣的表現啊……更別說害怕到化恐懼為力量而衝出去揍人了……

然而，並沒有時間容許她想太多，蘭薩特那蘊含怒氣的聲音就傳了過來：「他究竟想要幹什麼？不管他是黑騎士聯盟的成員或真的是吸血鬼，這條項鍊對他到底有什麼好處？難道僅僅

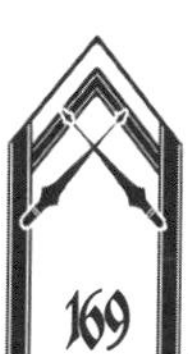

是看中了它的價值連城？」

「其實……對方是不是真的想要帕蘭特斯帝國的那條項鍊，還不好說吧……」夏憐歌在旁邊小心翼翼的插嘴。

氣氛瞬間凝固了，透過枝葉流瀉下來的日光彷彿柔軟的絲綢，將所有人全部裹了起來。

過了半晌，十秋才握拳抵住下巴，稍顯疑惑的問道：「那吸血鬼是什麼人？你們查到了嗎？」

那吸血鬼是什麼人？

這話突然在夏憐歌的腦海裡炸開來。

她猛然想起之前的襲擊事件。自己所看見的吸血鬼身上戴著的吊墜，和她送給哥哥的一模一樣。為什麼哥哥的東西會在襲擊交換生的人那裡？哥哥明明答應過自己會一直戴著它，那就絕對不會拿掉……那個吸血鬼，真的會是哥哥嗎……

「夏憐歌。」十秋的聲音忽然在她耳邊響起。

夏憐歌一回神，發現眼前的兩個人都用奇怪的目光盯著她，她連忙慌張的回應：「怎、怎麼了？」

「妳心神恍惚的在想什麼？」十秋定定的看著她，眼神如鷹般銳利，彷彿能直看到心底裡一般。

「沒、沒什麼啊。」她心虛的避開少年的視線，但這一避又後悔了，這不明擺著有事嗎？

「妳在廣場看到吸血鬼時立刻決斷的追了上去，是不是發現什麼了？」

果然，十秋沒放過她。

蘭薩特聽見這話，也滿眼狐疑的往她那邊看去。「夏憐歌，妳是不是知道什麼？」

「我、我……」夏憐歌驚慌失措的低下了頭。她原本是不打算說的，但已經到了這地步，似乎也沒辦法隱瞞了。

想到這，她有些認命的嘆了口氣：「……我在吸血鬼的身上，看到我之前送給招夜哥哥的吊墜。」

「夏招夜？」蘭薩特的表情更加疑惑了。「是之前出現的那個『夏招夜』？」

「不，不是他……」夏憐歌的頭腦亂成一團，只好將關於那枚吊墜的來龍去脈以及它跟夏招夜的關係，一五一十的對兩位儲君說出來。

一聽完她的話，蘭薩特只覺得這事情好像變得更加撲朔迷離起來。「這是怎麼回事？妳的意思是，那個吸血鬼有可能是真正的夏招夜？」

「我也不知道……」夏憐歌的聲音漸漸低了下去。腦袋裡一浮現招夜哥哥的身影，她就覺得心臟糾結得難受。

蘭薩特安靜的盯著夏憐歌的側臉許久。少女那黑曜石一般深沉的眸子裡，彷彿蓄滿了說不盡的悲涼與不安。

微風緩緩掠過，將她的髮梢輕輕的揚了起來。蘭薩特的心裡頓時泛起了異樣的感覺，他有些急躁的移開了目光朝十秋看去，果斷的說道：「朔月，讓蒲賽里德調出兩年前學院招納新生的資料。我要知道夏招夜是什麼時候入學、又是因為什麼能力被招進學院來的。關於他的一切事，盡可能調查。」

他的聲音鏗鏘有力，擊得夏憐歌一震。她抬起腦袋望著對方認真的眼神，用力的攥了攥袖釦。「你之前不是說，兩年前的失蹤者連學籍資料都找不到嗎？」

一旁的十秋露出了恍然大悟的神情，將她的話接了下來：「學院招納新生的方式有兩種，一種是學生自己參加入學測試考進來的，一種是因自身潛力而被理事會強制入學的，這些人一開始便會被學校劃定為『支配者』。」

他頓了一下，側過臉去看夏憐歌，再補充：「按妳之前所說，夏招夜是被強制入學的，那理事會裡應該會有他的備份資料，只是可能不會太詳細。」

「趕緊讓蒲賽里德去辦吧。」蘭薩特說著，便轉身朝夏憐歌拋了個東西過去。

那東西細小玲瓏，在日光下劃開一道銀弧，她下意識的伸手一接——

那是一枚銀色的外衣鈕釦，拇指般大小，中空的鈕殼是用純銀鏤雕而成的群簇擁在一起的蝴蝶，鈕殼裡頭鑲嵌著一顆能滾動的銀珠，上面的薔薇刻鑿得精緻非凡。

蘭薩特走過來，往她手上捏著的鈕釦指了指。「夏憐歌，妳負責幫我縫回去。」

「你家裡沒女僕嗎？沒管家嗎？為什麼是我！」

蘭薩特得意的揚揚唇角，用一副倨傲的神色睥睨著她說道：「這是命令。」

「……」

夏憐歌只能把一堆抱怨咬牙全部嚥往肚子裡，心裡卻越想越不爽：這傢伙連衣服上的鈕釦都是能直接放進展覽館陳列的高級工藝品，有錢到這種程度，掉了再買新的不就好了！為啥還要讓我縫上去啊啊啊啊！

05

舞會✢萬聖節✢儲君的反擊

黑色的身影跳上廣場邊的護欄，閃進樹林裡去，頃刻便不見了蹤跡。
看到這一切的夏憐歌二話不說，拐過林道，往吸血鬼的方向追了過去。
蘭薩特現在心裡只想著夏憐歌的事，居然連疼痛都顧不得了。「我說我要追上去，這是命令！」

✢ The Counterattack of the Heir to Throne. ✢

蘭薩特瞄了一眼平列整齊擺在桌子上的幾份資料，用手敲了敲桌沿問蒲賽里德：「就只有這些？」

蒲賽里德站在桌邊恭敬的欠身。「是的，閣下。就只有這些了。」

蘭薩特皺起了眉頭。他和十秋果然沒有猜錯，理事會裡確實有夏招夜的資料，然而卻僅僅只是寥寥數語，除了名字與一些個人可有可無的資訊之外，什麼都沒有記載。

不過，意外的收穫還是有的。

在文件中，夏招夜的照片旁用鋼印印上了幾個字：特優生。

特優生是在被強制入學的「支配者」之中，擁有更卓越的ESP能力、影響力驚人的學生。這類學生一般很少，會被理事會這樣劃分開來，想必是不可等閒視之的能力。

蘭薩特將用金線繫起的紙箋遞給靠在沙發上的十秋。十秋悠悠的接過來，低下頭迅速的看了一遍，反手又將文件朝一旁的莫西晃了晃，指著一處備註空白的地方問道：「莫西，為什麼夏招夜的 ESP 沒有記錄？」

莫西作為一個（自稱）稱職的新生輔導員，為了對學生們有足夠的瞭解，幾乎將每一屆新生的個人資料都妥善保存起來。

此時他正逗著懷裡的蜥蜴玩，被十秋一問還愣了一下，過了一會兒才反應過來。「啊，那個，一般特優生的詳細資料，理事會是不會隨便外洩的。我也不太清楚呢，之前有去學生會問了一下，他們好像也什麼都不知道。」

也是……在兩年前所發生的失蹤事件裡，學院裡的人對失蹤學生的記憶都被剔除了，要不是夏憐歌跑來這裡找這個叫夏招夜的人，他們根本就毫無線索可尋。

蘭薩特單手支腮，陷入了沉思。

「閣下，您若還要深入調查，我和莫西老師可以商量一下讓人跟進。」蒲賽里德在一旁畢恭畢敬的彎了彎腰。

蘭薩特揉了揉眉間，擺擺手讓他們回去休息。「算了，時間不早，你們回去吧。來了這種事又要兼顧準備萬聖節舞會，你們也辛苦了。」

等兩人都走後，蘭薩特才移過眼神，繼續盯著資料上的人名。

兩年前失蹤的那些人，究竟都遇到了什麼事情？

夏招夜，夏招夜。難道他是黑騎士聯盟的人嗎……

蘭薩特忽然想起在之前與愛麗絲的戰鬥中，夏憐歌胸前那一條綻放出強烈白光的項鍊。

聽夏憐歌說，這項鍊是她哥哥送給她的。他當時就覺得那應該不只是一條普通的項鍊——連他都納悶為什麼夏憐歌這種普通人會擁有那種東西，而且她看起來完全不知道那條項鍊裡蘊藏的力量。

而在看到夏招夜資料上那個「特優生」的字樣後，他就有些釋然了。

畢竟是夏招夜所送的東西，或許他在項鍊裡注入了自己的ESP也說不定……

但是，到底是怎樣的ESP，才足以被列為學院中難得一見的支配者特優生呢？又是怎樣的ESP，才能夠賦予一條項鍊那麼強大的力量……

蘭薩特盯著那個名字出了神，腦海裡驀的出現夏憐歌那悲傷又堅定的眸光，有如碎了一地的金色日光一般，耀眼得讓人無法直視。

夏憐歌的哥哥嗎？怎麼這麼厲害的一個人，妹妹卻是一個笨蛋。要成績沒成績，要身材沒身材，臉蛋還不及我萬分之一，嘖……

「你在想什麼？」十秋的聲音忽然從頭頂降了下來。

蘭薩特被他突如其來的發話嚇了一跳，臉色都變了，連忙掩飾道：「沒、沒什麼……我在想夏招夜的事。」

「別想了。不知道的事，想破頭也想不出線索來。」十秋低頭將文件收起，放進羊皮紙袋中，又倒上蜜蠟蓋了鋼印封起，放進抽屜。做完一連串動作後，他便動手去拉蘭薩特：「去睡吧，明天晚上就是萬聖節舞會，你要做的事還多著，去休息，我守著你睡。」

蘭薩特眸色一淡，按著桌邊站起身來。「好吧……」

◇   ◇

萬聖節之夜。

傳言在這一天，靈界之門大開，所有已死之人將盡數復甦，時空的法則也會暫時停頓，人類與鬼魂的界限將在嬉笑的南瓜燈裡漸漸模糊。

一大清早，夏憐歌就被砰咚匡啷的吵鬧聲吵醒，滿臉煩躁的出門時，又差點被走廊上那群早早穿好裝扮的傢伙嚇得魂飛魄散。真是的，明明Halloween就是萬聖前夜！前「夜」啊！為什麼大家能從早上開始就這麼High？

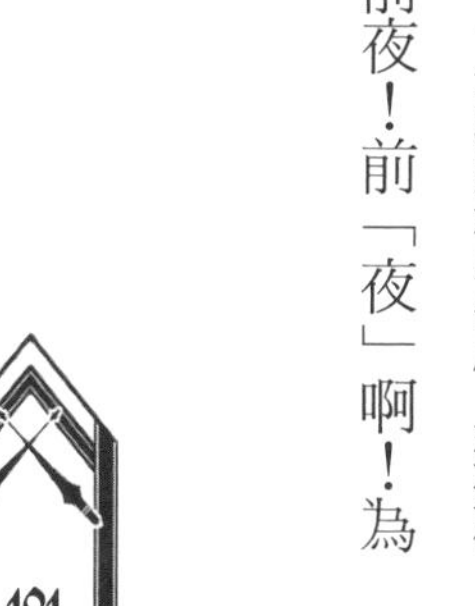
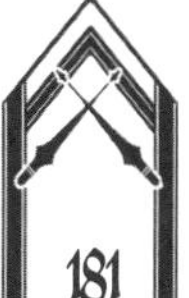

有氣無力的站在久原區的候車站等校車的時候，夏憐歌看著四周的擺設和熙熙攘攘的人群，有些無語。

萬聖節的全院性活動安排只有夜晚的巡遊和萬聖節舞會，不過理事會倒是沒有限制學生們的娛樂，白天基本上都是他們自行舉辦活動的時間，走到哪都可以看見熱熱鬧鬧圍成一團的、裝扮各異的人，感覺起來簡直就像是大型園遊會一般。聽說有人為了做鬼屋的企劃，還特意去向十秋申請借用那個花園迷宮的場地。

回想起之前在愛麗絲事件中經歷過的大逃殺，即使只是夢境，夏憐歌也不禁想感嘆一句這些人真不怕死。

只是夏憐歌怎麼也想不明白，明明不是假日，這些人究竟是怎麼擠出時間來搞那麼多花樣的啊……嘖嘖，都蔓延到學生住宅區這邊來了。

夏憐歌就這樣一邊任思緒亂飛，一邊默默的跟一群喪屍打扮、嘴裡還啪嘰啪嘰嚼著紅紅白白不明物體的人立在原地等校車。

大約是為了配合萬聖節的氣氛，連島上的交通工具都特意做了一番（壓根就沒必要的）裝飾。看著緩緩出現在視野裡血跡斑斑、凹凸不平，彷彿剛剛遭遇了連環車禍般的校車，夏憐歌總覺得自己的胃開始隱隱作痛了起來。

喂……跟這樣一群「喪屍」搭這種車，真的不會遇到什麼不幸的事嗎……

想是這樣想，不過夏憐歌看了看腕上的手錶，終究是認命的朝大開的車門踏了上去。

「呲——嗡。」

車子緩緩的啟動了。

車廂裡是一片破敗的灰白色，有隱隱的燒焦味道。人們安靜的坐在各自的位子上，什麼話也沒有說，偶爾一陣顛簸，還會抖落車頂上大片的鏽跡。

夏憐歌捂著鼻子來回張望，其實車廂裡除了那陣焦味之外並沒有其他難聞的味道，可是不

知道為什麼，空氣就是讓人感覺不太舒服。

車上的人都是一身死氣沉沉的屍體打扮，還全部很盡責的垂著頭，擺出一副空洞的表情，直接把車上的溫度拉到零度以下。兩相對照下，穿著制服正常無比的夏憐歌簡直就是黑白世界裡一抹亮眼的色彩，她扶著座椅在左搖右晃的車廂裡有些吃力的往後走去，已無力再吐槽。

前頭雖然還有幾個位子，可是夏憐歌覺得坐在這些毫無生氣的人旁邊，肯定會被巨大的心理壓力擊潰，所以乾脆把目標移到了車廂後面。

坐在最後一排的是一個看起來十二、三歲的男孩，穿著類似雨衣的黑、橙、白相間服飾，蓋住腦袋的帽子上有一雙又尖又長的蝙蝠耳朵，身上還揹了一個小小的南瓜狀背包，看起來煞是可愛。

雖然他的穿著也不算常服，可終於不再像前面那群人一樣鬼氣森森了！那一剎那，夏憐歌感動得差點落下淚來，三兩步跨過去，就在那孩子身邊坐下。

察覺到動靜的男孩抬起頭來，夏憐歌這才發現他臉上竟然是一副驚恐的表情，看見她過來甚至還慌張的往角落縮了縮。瞬間夏憐歌也不知道該做出什麼反應好了，難道她長得就那麼恐怖嗎？怎麼說也沒前面那群「喪屍」來得可怕吧……

但下一秒，男孩卻雙眼一亮，戒備的神情如融冰般迅速的瓦解了，目光直直的盯向夏憐歌的胸前——咦，胸？

意識到這一點的夏憐歌有些尷尬的掩了掩身子，而男孩像是沒有看到她微妙的臉色，撫著胸口，彷彿安心了一樣輕輕吁了口氣，接著從那個南瓜背包裡摸出一枝鋼筆和一本小小的筆記本，在筆記上唰唰的寫著什麼。

夏憐歌有些摸不著頭緒，還沒弄清他的舉動時，對方已經將攤開的本子舉到她面前。

——謝謝妳。

欸？為什麼要謝我？

夏憐歌更加困惑了，明明他剛才還一副擔心自己把他吃掉的樣子，怎麼一轉眼的工夫就……

男孩沒等她回應，又自顧自的在本子上寫了起來。

——啊啊，嚇死我了，還以為這下死定了。

……什麼啊？

夏憐歌已經完全搞不清楚狀況了，在這樣子寂靜又低沉的氣氛裡，她甚至開始覺得眼前的男孩也越發詭異起來。本來在學院裡出現這種年紀的小孩子就不太對勁，而且也不是由大人帶著，總不會是哪個學校高層的家屬前來觀光吧……

想到這裡，夏憐歌脫口而出：「欸，你為什麼會一個人待在這裡啊？」

似乎沒有料到她會這樣問，對方愣了一下，瞬即像是想起了什麼般垂下眉眼，露出了失落的神情。

神經大條的夏憐歌這才發覺對一個初次見面的人這樣問不太禮貌，窘迫的漲紅了臉，語無倫次的解釋道：「咦，其實我……如果你不想說也……」

男孩卻緩緩的搖了搖頭，拿起手上的本子翻新了一頁。

——很重要的一個朋友被搶走了。

搶……走？

夏憐歌越來越覺得自己沒辦法弄懂對方的思路了，她感覺他們之間的對話好像完全不在同一個次元裡一樣。

看著夏憐歌疑惑的表情，男孩又拿起了筆。

——所以，我來請蘭薩特幫我找回他。

竟然沒有用閣下這種稱呼，難不成是跟蘭薩特很熟的人嗎？

這樣一想，原本還稍稍懸著的心倒是一下子放了下來，夏憐歌靠上了椅背。「這樣啊……

那你現在是打算過去找他嗎？」

——不，我已經見過他了，他好像很忙的樣子。

緊接著，他像惡作劇成功的小惡魔一樣微微勾起脣角，又翻了一頁。

——哈哈，那傢伙不喜歡我。

「切，那混蛋喜歡的人只有他自己吧？」夏憐歌撇撇嘴。對方像是聽到什麼有趣的事情般笑得東倒西歪，卻沒有發出聲音。

看著這樣的場面，又看了看他懷中的本子，夏憐歌有些好奇、又有些不好意思的撓了撓臉頰，問道：「那個，問你一個問題行嗎？」

男孩停住了誇張的動作，睜大眼睛露出了「嗯？」的表情。

「你為什麼……」好像是在考慮措辭，夏憐歌稍微停頓了一下，「為什麼不直接跟我說話，而要寫在本子上呢……」

啊，感覺好像又問了個蠢問題。

這種時候她就特別想對自己開上幾槍，把那無謂的好奇心炸得稀巴爛。

男孩卻好似毫不在意，反而是一臉促狹的瞇起了雙眼。

——嘿嘿，秘密。

可過沒幾秒，他又收起那副玩笑般的面孔，拿起筆將上面那句話劃掉，重新寫了一句。

——因為我想跟我重要的朋友們說話。

啊？

夏憐歌不解的皺起了眉，兩人間的交談似乎又開始陷入牛頭不對馬嘴的境地了。

而且，也不知道是不是自己的錯覺，她總覺得這男孩好像一直把目光黏在她胸前，來回的游移著……

這樣的想法一冒出腦海，夏憐歌的雙頰當即就不由自主的紅了一片，她有些羞怯的挪了挪

身子。真是的，明明只是個小孩子，都在亂想些什麼啦！

見她那副扭扭捏捏的模樣，男孩眨了眨眼睛，彷彿看透她的心思般，誇張的無聲笑了起來，過了好久才在夏憐歌茫然的表情裡勉強止住了笑意。

——別誤會，如果不是因為拉斯維亞，我才不會跟妳搭話呢，別自作多情啦。

剎那，夏憐歌的臉又變成了另一種顏色的紅。

什麼啊！我也沒求你跟我搭話啊！而且拉斯維亞是誰！是誰啊！

不等惱羞成怒的夏憐歌咆哮出聲，面前的男孩又像是被父母訓斥一般垮下了臉，不情不願的拿起紙筆唰唰的寫著什麼。

——對不起，我為我剛才的話道歉。

可在這句話下面，分明還有一個小小的、雖然被劃掉但卻依然讓人看得清晰的「切」字。

……這個死小鬼！

果然在這裡，外表長得好看的全都是一群討人厭的傢伙！莫西除外！

背後烏雲密布的夏憐歌扭過臉坐正了身子，已經不想再跟對方搭話了。這時男孩卻露出了哀傷萬分的神色，就跟剛才談起他「被搶走的朋友」一般，惋惜的垂下眼簾，將手中的本子舉至少女眼前。

——妳別害怕他。

他？

——拉斯維亞在保護妳。

所以說，拉斯維亞究竟是誰啦……

——他愛妳。

最後一句話讓夏憐歌怔了那麼一瞬間。

她還沒來得及反應，就見男孩又迅速的翻新了一頁紙。

——要下車了。

「說」著，他按下了座位旁一個用來提示司機自己已經到達目的地的紅色按鈕。車子馬上發出「嗡嗡」的減速聲，緩慢的行駛過一小段路程後，開始逐漸的停下。

夏憐歌往窗外望去，外邊依舊是嘻嘻鬧鬧、奇裝異服的人群，隱隱可以瞧見遠處高聳入雲的摩登大廈，看來是在都夏區的附近了。

男孩蹦蹦跳跳的站起身，往前走出幾步時又站定，轉過頭來滿臉問號的看著坐在原位的夏憐歌。

——妳不下車嗎？

啊？

夏憐歌愣了一下，過了好半晌才朝他搖搖頭。「不、不了，我是要去銀角區那邊上課。」

聽罷，男孩猶疑的撫著下頷，一副正在思慮什麼的模樣。

但不出幾秒，他又漾開了無比燦爛的笑臉。

——嘛，也罷，有他在妳身邊。

在即將下車的時候，男孩又特意對著她揚起了手裡的本子，夏憐歌瞇細了眼看了好久，才辨清上面究竟寫了什麼。

——不過不要坐到終點站哦，要不然的話，連他也無法確保妳的安全。

男孩跳下了車。

車門像是在隔絕兩個世界的聯繫般，緩緩的關上了。

夏憐歌在啟動的校車裡看著男孩逐漸遠去的背影，心中的疑慮彷彿越滾越大的雪球，撐得她的腦袋幾乎炸開。

他從剛才開始就一直在說些什麼啊……不要坐到終點站？可是這輛車的終點就是銀角區吧，她明明就說了自己要去那邊上課的啊。

真的是完全理解不了那男孩的話。夏憐歌第一次真切的認識到人與人之間的思維差異，對方所說的每一個字她明明都懂，可是組合成句子之後就好像變成了外星語，她連一句話都消化不了。

不過即便如此，一旦沒有了可以交談的對象，那些被她刻意遺忘的壓抑氣氛便重新籠罩了過來。

整個車廂安靜的像一個無人涉足的廢墟，只有車輪駛動的細微聲音如惱人的蚊蠅般在耳邊嗡嗡的響著。

座位上的人全都低垂著腦袋坐在那裡，一動也不動。

在這樣死寂的氛圍裡，異類夏憐歌感覺眼角一陣抽搐。

不就是一個萬聖節嗎……你們有沒有必要配合到這種程度啊！再這樣下去我都要以為自己誤入奇怪的空間裡了啦！

她現在甚至開始對自己上錯車的舉動感到後悔萬分，正想著要不要就這樣在下一站下車，不過離目的地好像也只剩下兩、三站的距離……啊算了算了！咬咬牙撐一下就過去了！

這樣想著，夏憐歌把視線移向窗外，想靠亮麗的景色來撫慰自己被一團死氣包圍的受傷心靈。就在這時，窗外突然閃過兩道熟悉的身影，夏憐歌定睛一看，發現是常清和拿著PSP的十秋，正站在不遠處的候車站裡。

心裡驟時泛起一股奇異的感覺。夏憐歌微斂起了眉。

這輛車並沒有往候車站那邊靠過去。

說起來，似乎除了剛才那男孩下車的時候，這輛車就沒有再停過了……

那邊的常清似乎也看到這輛奇怪的校車了，伸手拉了拉十秋的衣袖。眼鏡少年從遊戲裡抬起頭來，目光正好和夏憐歌的眼神對上了。

那一剎那，他竟然難得的露出了一絲訝異的神色。

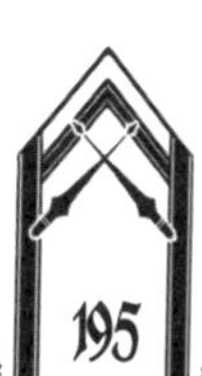

緊接著，他開始跟著車子小跑起來，但看樣子又不像是要攔車，而是有些著急的朝她打著手勢。

……什麼狀況啊？

校車與十秋之間的距離逐漸拉大，夏憐歌要整個人趴在窗子上才能稍微看到對方的身影。她想要大聲的問他發生了什麼事，可是聲音卻被密封的玻璃窗阻隔起來。

那邊氣喘吁吁的十秋停住了腳步，轉頭和跟在身邊的常清說了些什麼，被人稱為「猛獸」的少年頃刻動了動筋骨，做出起跑的姿態。

下一秒，夏憐歌就看見一道有如閃電的黑影從窗外掠過，還沒等她反應過來，行駛中的校車便忽然像撞到障礙物一般猛然剎住，她整個人猝不及防的被從座位上拋了下來。

「嗚……痛死了。」

夏憐歌撐起身子摸了摸摔疼的屁股，一緩過神來，立刻想起剛才如獵豹般衝上來的常清。

喂喂喂……不是吧！那傢伙就這樣被十秋當成肉盾了嗎！

夏憐歌一邊在心裡不斷冒出「殘忍！」、「魔鬼！」、「不是人！」之類的形容詞，一邊站起身子搖搖晃晃的往車廂前頭走去。後邊的十秋正急急的趕過來，一瞧見她便飛起一腳踹開車門，拉住她的手腕就往外扯。

「下車。」

「你幹嘛啦！」

夏憐歌反骨心態作祟，原本還想賴在車上再跟他僵持一會，卻被十秋拋過來的一個凶狠眼神嚇得定住。

十秋面色不善的加重了力道，像是拔河般將夏憐歌整個人拉下車來。重心失衡的夏憐歌一個腳底打滑，差點就面朝黃土的撲倒在地上，還好被十秋一把拉回懷裡。枕著他的胸膛愣了好一會兒，夏憐歌這才像是著了火一般滿臉通紅的從他胸前跳開來。

「嗚……十秋你這混蛋！」

十秋沒有理她，只是轉頭淡淡的說了一句：「行了，常清，放它們走。」

「喔。」那個夏憐歌以為已經被輾成肉醬的人出聲應了一句。

順著十秋的目光望過去，只見張開雙臂鉗住車頭的常清輕描淡寫的鬆開手，拍了拍身上的灰塵，轉身朝他們走來。仔細一看，夏憐歌似乎還能瞧見破敗的車頭有兩處地方就這樣凹陷了下去。

……救命啊，常清你真的是人類嗎？

夏憐歌險些就替那輛校車發出哀鳴。

失去了阻礙的校車又開始慢慢的啟動了。也不知道是不是錯覺，夏憐歌似乎看到車上那些一直保持著同一個姿勢、一動也不動的人瞬間轉過腦袋盯著她。那種眼神簡直就像是潛藏於黑暗裡的魔怪，眼睜睜的看著獵物從自己面前逃開一樣，充滿了貪婪與惋惜，讓夏憐歌不由得從

心底涼了起來。

「妳真是不要命了，夏憐歌。那種車妳也敢搭。」此時，十秋又恢復了以往那種波瀾不驚的語氣。

聽他這麼說的夏憐歌不爽的嚷了起來：「什麼嘛，還不都是你們這群無聊的傢伙搞的鬼？我才奇怪為什麼只是過個萬聖節，你們還能鬧到替交通工具弄主題裝飾呢！」

「那不是學院裡的交通工具。」走近來的常清咧開了一口明晃晃的白牙，尖尖的小犬齒在太陽底下閃啊閃。「是傳說中的幽靈車喔，我第一次看到耶。」

——好興奮啊好興奮啊好想把車上那群傢伙全部扯下來揍一頓。

面前笑得陽光燦爛的少年臉上分明這樣寫著。

夏憐歌面無表情的挪了挪腳步與他拉開一小段距離，下一瞬間才抓住他話中的重點。「等等，你說什麼？幽靈車？」

「萬聖節可是各種鬼怪和魔物混跡於人類世界的日子，妳最好小心一點。」十秋事不關己的說了句，又開始把全副精力放到手中的PSP上去。

夏憐歌一怔，突然想起剛才在車上的那個男孩跟她說過的話。

——啊啊，嚇死我了，還以為這下死定了。

——妳不下車嗎？

——不過不要坐到終點站哦，要不然的話，連他也無法確保妳的安全。

原本還一直覺得那小男孩說話神經兮兮的……可現在一想，卻讓她不由自主的出了一身冷汗。如果沒有遇到十秋的話，那麼她的下場會是……

「不過妳也真好運。」十秋像想起了什麼，一把打斷夏憐歌越來越恐怖的聯想，扶了扶眼鏡看著她。「通常只要踏上這種車，沒幾分鐘就會被啃得精光，妳居然還能全然不知的堅持這麼長時間。」

欸？

一句話立刻又將夏憐歌的思緒帶了回去。

對……說起來，那個男孩還說過有人在身邊保護著她什麼的……

想到這裡，她情不自禁的低聲呢喃出那個名字：「拉斯維亞……」

「嗯？」十秋有些疑惑的盯著她。

「啊，沒什麼……」夏憐歌敷衍的笑了笑，抬起手撓撓後腦勺。「因為剛才在車上遇見一個奇怪的男孩……說是來找蘭薩特什麼的，他的一些話讓我有點在意。」

「來找蘭薩特的？」十秋低頭沉思了一下，倏爾露出了恍然大悟的表情。「啊，是個揹著一個南瓜包、一直不說話的傢伙嗎？」

「是啊。」原來十秋你也認識喔？

「是埃里啊。」十秋淺淺的勾起了脣角。

埃……里？

等等，這名字聽起來怎麼那麼熟悉？

夏憐歌滯了一下，下一秒便高聲驚叫：「等等！埃里不是那家奇怪寶石店的店主嗎？居然是那麼小一個孩子？」

「小？」十秋揚了揚眉梢，「二十好幾的人，不小了。只不過看起來比較年輕罷了。」

……喂，那已經不僅僅是年輕而已了好嗎……

夏憐歌心裡波瀾狂湧，緊接著她又想起了什麼，開口問道：「欸，剛才他說他是來拜託蘭薩特幫忙找回他『被搶走的朋友』的，這麼說來，難道他口中的『朋友』是——」

寶石？

「嗯。」十秋點點頭。「聽埃里說，他店裡有一顆名為『月羅』的綠寶石，被吸血鬼奪走了。」

又是吸血鬼？

夏憐歌輕輕的蹙起了眉。

那邊的十秋輕輕的吁出一口氣，關掉手中的PSP低聲道：「這樣看來，吸血鬼的目標果然是這些值錢的東西嗎……希望今晚『布里辛克』的展出環節別出什麼差錯才好。」

不是吧，吸血鬼真的只想要那些金銀珠寶嗎……

夏憐歌的眉頭越縮越緊，從剛才就一直冒出的異樣感如上升的海平面般不斷翻湧著。

如果他的目的是搶奪貴重寶物的話，為什麼只奪走「月羅」呢？埃里店裡的昂貴寶石肯定不止這一顆啊。

怎麼也理不出個所以然，夏憐歌甩了甩腦袋。

反正這些也不歸她管，她又何必這麼糾結？

這樣想著的時候，腦海裡卻又突然浮現出埃里剛才所說的那些話。

——拉斯維亞在保護妳。

——他愛妳。

拉斯維亞，拉斯維亞……

她在心中重複的唸了幾句。

是誰呢……拉斯維亞？

◇　◇　◇

萬眾期待的萬聖節舞會，終於在越來越濃的夜色裡來臨了。

一入夜，島上就華燈遍布，聲樂齊鳴。南港一連串焰火後，巡遊大隊開始從北角大道緩緩的走過來。

頭長兩隻彎起的巨角、上身為人下身為羊的牧羊人潘神，手執灰白的紙燈籠、身著華麗十二單和服露出半邊骸骨的骨女，身後長有九條毛茸茸的尾巴、頭上豎著一雙狐狸耳朵的九尾狐……各式各樣不屬於這個世界的角色在糜豔的燈光中緩慢行走，圍觀的眾人一邊尖聲歡呼，一邊整理好自己的裝扮準備加入喧鬧的隊伍之中。

舞會舉行地點是銀角區的菲利亞斯大禮堂，位於銀角區的東南邊，建在名為賽爾湖的人工湖中心。整座建築四周環著六角形的廣場空地，兩側各一條由白色大理石建成的長拱橋大道通往岸邊，等巡遊大隊到達禮堂、儲君致辭儀式結束之後，舞會就正式開始了。

夏憐歌拉了拉套在自己身上那醜得要死的綠人皮裝，遊行隊伍裡隨便一個角色都閃亮到足以刺瞎她的眼睛，她感覺自己踏在地上的腿簡直就像灌了鉛一樣沉重。

而且想起今天早上的遭遇……搞不好巡遊隊伍裡真的混進了幾個異世界的來客呢，她可不想再體會一次那種冰冷刺痛的壓抑氛圍了。

混蛋！不想去，不想去，不想去啊……可是缺席又會被扣學分，嗚……

一想到自己那逼近底線的分數，夏憐歌就想仰頭四十五度淚流滿面，待她磨磨蹭蹭到達禮堂的時候，兩位儲君的致辭儀式都已經結束了。

不知為何悄悄的鬆了口氣，夏憐歌四周張望了一下，又昂首去看二樓的高臺。那裡被籠在一片昏黃曖昧的灰橙色燈光裡，中間放著兩把金碧輝煌的高背椅子，亮金色的扶手上雕琢有精緻的桂葉和薔薇花，前端立著一隻栩栩如生的夜鶯。

蘭薩特和十秋就坐在那奢華的椅子上。

蘭薩特好看的鼻梁上戴著一個織著銀邊的黑色絨羽翅膀面具，正百無聊賴的拿著高腳杯晃啊晃。旁邊的十秋和他穿著同樣款式的宮廷服裝，前襟兩側的琴褶看起相當華貴，袖口雙層的真絲花邊更是打出了優雅而飄逸的褶子，穿在他們身上，如同最完美的藝術品。

依舊一臉認真打遊戲的十秋從PSP上移開目光，在看到她的那一瞬間，難得微微的勾起嘴

角，露出了兩個尖尖的小獠牙。

……原來這兩人抽到的角色是吸血鬼啊。

站在下面的夏憐歌正猶疑著要不要上去打個招呼，轉瞬間才發覺到他的笑容有些古怪，低頭一看自己那身詭異的科學怪人裝……

混蛋！這傢伙是在嘲笑她啊！

夏憐歌幾乎下意識的就想抓起一個杯子朝他擲過去，但看到身旁一大堆說說笑笑的女生，她意識到自己不可能敵過儲君的擁護者，只能恨恨的瞪了他一眼，「哼」一聲，拖著笨重的服裝掉頭就走。

這時音樂一起，整個禮堂隨著響起的樂曲暗了下來，陡然亮起的探照燈打在舞池正中央，一個身影忽然出現在耀眼的燈光之中。

「Ladies and gentlemen！歡迎你們來到薔薇帝國學院的萬聖節舞會，我是殿騎士聯盟

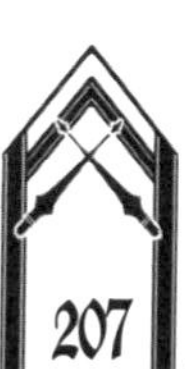

管理者蒲賽里德。」

那人揚手傾身一禮，動作優雅又瀟灑。

少年的容顏被燈光映照得光華萬丈，身後的披風輕輕飄動，彷彿蟄伏已久、即將展翅而起的飛鳥。頓時四周尖叫聲暴起，蒲賽里德也毫不怯場，脣角帶起一抹輕佻的笑，兩指貼在脣邊，熱絡的給場邊騷動的女生拋起飛吻來。

夏憐歌正在心裡默默的鄙視他，而身旁的女生甲卻立刻雙手捧著雙頰，身體扭捏的左右晃動起來。「哇，蒲賽里德大人也好受歡迎哦，超帥的耶～」

另一邊的女生乙興奮的擠過來接了一句：「那是當然的啊！因為蒲賽里德大人平易又近人，對每一個人都很溫柔的哦哦哦～」

他那是男女通吃、老少皆宜、來者不拒吧！平易近人個屁啊，別隨便在這種人身上用褒義詞！

夏憐歌斜睨著一群正在發花痴的女生，小碎步的往一旁移動，拉開和她們的距離。

也不清楚蒲賽里德究竟說了些什麼，她剛移到一邊，就聽見一句：「……這次舞會，我們將展示由帕蘭特斯帝國王女所帶來的、有著世界上最美麗項鍊之稱的『布里辛克』——」

話音剛落，就見一位渾身散發出倨傲氣場的少女，從蒲賽里德的身後走出來。

她金色的半長直髮披過肩膀流瀉而下，左額別著綴滿碎鑽的蝴蝶髮夾，身上穿著華美的露肩洛可可式短禮服，領口裝飾著繁複的褶子以及蕾絲花邊，裙子前方僅覆蓋到大腿，往後卻搖曳著拖到了地面，裙襬繡有精緻的黑色蝴蝶花紋，被風一揚，就像是要從裙子裡飛出來一般。

金髮少女臉上戴著和儲君一模一樣的舞會面具，正提著裙角向所有人點頭示好。

周圍的人開始竊竊私語起來。

「這就是帕蘭特斯帝國的那位王女嗎？果然跟傳聞中一樣，是位大美人呢。」

「啊啊，真想看她把面具摘下來時的樣子。」

夏憐歌也目不轉睛盯著她。金髮少女身上那種高傲又優雅的貴族氣息是她遙不可及的，但在同時，她不知為何總覺得那位王女看起來有些眼熟，似乎曾經在什麼地方遇見過……

待王女直起身子，搖曳的舞臺燈光再次打到她身上時，場內頓時又是一片驚嘆聲四起。

夏憐歌這才發現，在王女那性感又纖細的脖頸上，正戴著一條閃耀著月華光澤的項鍊。寶綠色的吊墜安靜的躺在鎖骨中央，在絢麗的燈光下顯得無比耀眼。

夏憐歌跟著眾人伸長了脖子往前望去。這就是那條名為「布里辛克」的項鍊啊……不知是否就是象徵愛與美的女神弗蕾亞頸上那條最寶貴的「布里辛克」呢……

「在舞會結束前，所有人都能一睹帕蘭特斯王女與她所帶來的『布里辛克』的瑰麗光彩。」蒲賽里德揚開了披風，聲音倏的一頓，變得狡黠而魅惑。「而接下來，就是萬眾期待的萬聖節吉祥物比賽，有請我們的南瓜公主——」

南、南瓜公主？這又是什麼？

夏憐歌一下子沒反應過來，呆呆的愣在了原地。

音樂的節奏忽然變得緊張起來，有如高潮將至。探照燈從蒲賽里德身上緩緩移開，在場內晃晃蕩蕩的掃了幾圈後，停在二樓走廊的陽臺上。

籠罩於光線中的人穿著一身華麗的公主服，圍在頸邊的雙層小立領由精緻的刺繡蕾絲疊製而成，頸上繫著由絲絨綢緞綁成的小蝴蝶結，細小的金邊鑲嵌在高貴的紫羅蘭色上，顯得玲瓏而雅致。

那人在蒲賽里德的示意下，一臉不情願的抬手向眾人揮了一下，綴滿荷葉邊的喇叭袖口往後折去，露出了光潔的手腕。

等……等等，這人……

夏憐歌驟然瞪大了眼睛。

這人不就是……就是新生輔導員莫西．塔塔嗎！他手中居然還揣著一個滑稽的南瓜布偶！

看到這裡，夏憐歌恍然醒悟過來：對、對啊！莫西是萬聖節舞會的吉祥物！

可是為什麼會是南瓜公主？

她總算明白為何當初問莫西萬聖節吉祥物是什麼的時候，他會這般扭捏不肯說了！原來是女裝嗎！

夏憐歌還沒從震驚中恢復過來，就聽見臺下一片歡騰的呼聲，站在舞池中間的蒲賽里德開始宣布吉祥物活動的遊戲規則。

「在舞會結束之前，只要能捉到拿著南瓜的南瓜公主，不論你的學生身分是什麼，都可以讓南瓜公主成為你一天的騎士，當然，不擁有絕對服從命令。但這僅此一天的騎士擁有權，是得到殿騎士聯盟正式認證，並且受騎士守則束縛的喲！」

這時站在二樓陽臺、被探射燈照得幾乎兩眼發白的莫西，差點踢爛了金碧輝煌的欄杆。他前傾著身子朝蒲賽里德大罵出聲：「蒲賽里德我要殺了你！你騙我說被捉到也只是穿著公主裝

陪吃萬聖節晚餐而已！你說有哈密瓜我才答應的！」

……莫西你的要求就只是哈密瓜嗎！你身為教師的尊嚴到哪去了啊！

夏憐歌簡直要在心裡嚎叫起來。

而下面那個無賴開始極盡能事的狡辯：「計畫趕不上變化啊我的公主──」

「變化你個頭──！你處心積慮！而且按照學院的傳統，老師根本就不能成為騎士！」

「規則是死的，但人可是活的──」蒲賽里德毫無悔改之意。

站在一旁看戲的夏憐歌萬分同情被晃點的莫西，心想你怎麼會這麼天真的相信蒲賽里德這種人說的話啊……

禮堂裡的燈光絢麗多彩，變幻莫測。這兩人一個在樓下，一個在陽臺，簡直就像世仇版羅密歐與茱麗葉。

蒲賽里德還很應景的開始拼湊起詩情畫意的歌劇臺詞，連語氣都演繹得極其到位：「我的莫西公主啊，需要我來拯救你嗎？只要你用那夜鶯般的聲音輕喚我一聲，我絕對不讓任何人，碰上你一根手指頭！」

「你滾！誰要你拯救！混蛋！我要殺了你！」莫西絲毫不顧形象的咆哮起來。

被這人渣捉到簡直比被任何人捉到糟糕百萬倍不止啊！

「好吧。」

蒲賽里德也不介意，只是優雅的朝他泛起淡淡的笑，沉吟的聲音聽起來憂鬱又性感。他將指尖貼到自己唇角一吻，又揚高了手指揮向樓臺上的莫西，動作猶如邀請，又猶如送別，瞬間將不羈的笑容斂得分毫不剩。

「那永別了，我的公主。」

永別了，我的公主……

夏憐歌心裡一顫，霎時彷彿時光回流，光影倒疊，奢侈華麗的大禮堂被泛金的夕陽餘暉籠罩，高塔上的人碧眼如海，金髮似光，觀者無不為少年深情款款的目光注視而掩面落淚。

而這奇妙的景象在下一秒便被眾人的喧鬧聲打破，夏憐歌從深深的悲傷之中恍過神，還沒來得及驚詫，就聽見蒲賽里德的聲音穿過各式各樣的嘈雜抵達耳際。

「盡情享受吧，各位！」

說罷，他指著莫西的手倏的高舉過頭，直指高聳的穹頂，像是發號施令一般，淡淡的說道：「Action.」

四周所有的聲音如同陡然劈下的驚雷般炸了開來，歡呼聲尖叫聲在禮堂內激盪，人潮像衝破了沙包的土石流一樣迅速奔湧。

通向二樓走廊的樓梯一共有四處，夏憐歌還沒反應過來，就已經被推擠著衝到堵塞的樓梯口，她甚至可以想像莫西在看見這景象時表情有多慘白。

而這時的莫西，確實刷的一聲就白了臉，他後退幾步，只見眼前蜂擁而至的人全部一副勢在必得的架式，朝成為獵物的自己狂奔而來。

那感覺就像是被困在絕壁高聳的陡峭峽谷中，而兩邊都是發瘋暴動朝自己襲來的野牛群……在這種情況下，站在原地多考慮兩秒都會瞬死！

莫西被求生本能促使，捧著南瓜二話不說拔腿就跑。

被擠在人群中的夏憐歌踮起腳尖想看前方形勢如何，結果因為身高問題而無法企及，只能瞧見提著公主裙下襬的狼狽身影飛也似的拐進走廊轉角。

……被這樣對待，簡直讓人想不同情都不行。

她在人潮之中被推得渾身疼痛，正想著要如何才能讓自己全身而退時，後面又嘩啦啦的湧過來一群人，幾乎把她撞扁在樓梯扶手上。

夏憐歌忍不住在心裡暗罵一聲，吉祥物跟獎品都是莫西的差事，女生們會有興趣也無可厚非，但連男生也這麼興致昂揚是怎麼回事啊？

右腳被身旁的一個男生踩得正著，夏憐歌吃痛的彎下了腰，又聽見那人仰起了頭高聲嚷嚷：「雖然知道是男的，但莫西老師的南瓜公主實在太可愛了～」

身後死命擠上來的女生也跟著尖叫：「對啊太可愛了！而且獲勝者還可以讓莫西老師當一天騎士啊！老師等等我！」

後面還有一群人：「莫西老師，莫西老師──」

真是夠了！

為什麼會有這種無聊沒營養的活動啊！你們這些傢伙真這麼閒的話，還不如去多栽幾棵樹減輕一下溫室效應！

夏憐歌簡直想回宿舍睡覺去了，但一回頭就看見那堆如螞蟻般密密麻麻的人海，她能不能活著走出去都是問題……

回頭想想，又覺得莫西平時待她不薄，這回她知恩圖報的機會來了。反正都這樣了，不如

投身參與盡力救救他吧……

輕輕的嘆了口氣，夏憐歌在心裡默默的想著為什麼自己這麼命苦，然後也跟著卯足了勁往前擠去。

好不容易湧到人流已經被沖散的二樓，不遠處卻突然傳來莫西的叫聲。夏憐歌一驚，幾乎連滾帶爬的朝聲源衝了過去。但因為走廊縱橫交錯，旁邊又都是一列密密麻麻大同小異的房間，讓她的方向感被搞得亂七八糟。

菲利亞斯大禮堂的二樓走廊相當複雜，房間合起來就有兩百零八個，有些是平時音樂課用的教室和風琴室，而大部分都用來存放詩經文獻典籍，剩下的便是社團暫用的房間。每個房間裡都鑲著一面鏡子，讓本來就錯綜複雜的走廊更加難以辨識。

夏憐歌正猶豫著要不要追進去，身後忽然傳來一聲銳利刺耳的聲響，如同快刀劃破空氣一般，燈影頓時搖晃起來。

原本鬧哄哄的人群瞬間安靜了下來，但沒過一秒，又像炸開的鍋一般開始沸騰。夏憐歌連忙跑回禮堂的樓道探身查看，只見掛在天花板中央的巨大吊燈上，不知何時蹲踞著一個黑影，燈上的水晶流蘇正顫巍巍的晃蕩著。

接著又是一個物品粉碎的聲音，水晶流蘇開始稀里嘩啦的往下掉。夏憐歌驚叫一聲，急忙用手護著頭，剛閉上雙眸，就感覺有一襲黑影猛的衝自己罩了過來。

她條件反射的抬起眼，只見吸血鬼裝扮的人影從吊燈上躍了起來，披風獵獵翻動，矯健的身影蹲立在夏憐歌跟前的欄杆之上，微彎著身子，戴著猙獰的半邊面具，露出好看的下顎和薄薄的嘴脣。

那一瞬間的對視，他竟然朝夏憐歌得意的笑了笑。

那枚吊墜就掛在他的頸上，在昏暗中幽幽的發著亮白的光。

夏憐歌定定的盯著他，視線像是固死在那裡一般無法移開。下一秒吸血鬼就回身往後躍了

下去，穩穩的落到舞池之中，又抬起戴著鶴紋手套的右手，朝她揚了揚。

場內喧譁四起。原本還熱衷於遊戲的人全部往四周逃竄開去。

夏憐歌心中猛的一緊，竟毫不猶豫的跟著攀上欄杆，一個縱身就往下跳。

等反應過來時已經太遲了，她只覺得眼前一晃，身體就直直的往下墜去，耳旁是呼嘯而過的風。

不知誰的聲音在喧譁中突起：「夏憐歌！」

話音剛落，她便感覺自己撞進一個寬厚的懷抱裡。但因為下墜力過於猛烈，使得身下人也跟著翻跌在地。

夏憐歌一睜眼就看見十秋吃痛的臉。他狠狠的皺著眉頭，之前的舊傷還沒好全，這回不知道又磕著哪裡了。

「妳不要命了！」十秋啐了一句，眼鏡都甩在一旁跌了個粉碎，眼角還被劃開一道淺淺的小口。

夏憐歌倉皇的站起來扶他，抬眼卻看見吸血鬼站在舞臺中央，正扼著帕蘭特斯王女的頸脖。金髮少女不斷掙扎，卻絲毫不起作用。

短短數秒的時間，王女的身體就像抽了線的木偶一樣軟了下去。吸血鬼微勾起嘴角，露出輕蔑的神色，輕巧的將公主抱進懷裡，就像抱起毫無重量的棉絮似的。

就在這時，禮堂裡忽然泛出濃厚的霧靄，彷彿魔術師的法術一般，吸血鬼的身體開始在霧氣裡逐漸融化。

傳說吸血鬼可以化作蝙蝠，也可以化為霧氣進入任何縫隙。夏憐歌頓時用力的掙開十秋，急急的就要往那邊撲了過去。

然而手邊突然一空，她再張手看時，舞池中央已經沒有任何人。

所有人都陷入一片恐慌混亂之中。而夏憐歌的腦裡卻是一片靜寂，彷彿只有她的世界被隔

絕出來，所有東西的時間都在流動，只有她的時間是靜止的。

腦裡亂得像一團糾結起來的絲線，但人越是亂的時候，有些感覺卻越是清晰。

招夜哥哥，招夜哥哥……

她心中一直惦念著的只有哥哥的名字，如同聽到哈梅爾的笛聲般情不自禁。

蒲賽里德的身影在眼前一閃而過，他帶著好幾個騎士快速的追出禮堂。夏憐歌咬了咬嘴脣，握緊拳頭站起身，邁著堅定的步伐跟在他們身後一起追了出去。

一群人在蔥鬱的林道裡穿梭，而夏憐歌的心裡卻只有一個念頭，她要見那人面具下的臉，她要再看一眼那吊墜，如果是招夜哥哥的話，如果是招夜哥哥的話……

只要讓她確認一眼就夠了！失蹤了兩年的哥哥，只要讓她知道一點線索就夠了！

大理石砌的林道盡頭是一個噴泉廣場，類似這樣的騎士噴水廣場在銀角區內一共有三個，都是在殿騎士聯盟分部附近的標的性建築，樣式幾乎毫無分別，區別只在於騎士舉劍的方向，一個是直指天空，一個是拔劍向前，一個則是劍尖向地。

吸血鬼抱著王女落在雕像的肩上，十幾個騎士圍在那裡卻又無計可施。

對方對這種情況絲毫不慌張，定定的俯瞰著蒲賽里德，忽然張開了口，傳入耳朵的聲音卻彷彿經過處理一般，是冰冷單調的機械音。「殿騎士聯盟的蒲賽里德大人，如果想要回王女，就拿『布里辛克』來交換。」

「我想你搞錯了，」蒲賽里德嗤笑出聲，像逗弄鳥兒一般語調輕巧，抬手指了指吸血鬼懷中的少女。「你所要的『布里辛克』，就在你所挾持的王女的脖子上。」

「我要的，是真正的『布里辛克』，請別拿假貨來糊弄我。」吸血鬼忽然露出了吊兒郎當的笑容，像變戲法一樣從袖中抽出一柄熠熠的銀刀，貼到王女的喉間，「你最好再考慮一下，我想要的是項鍊，並無意傷害這位美麗的王女殿下。失掉王女的命而得罪帕蘭特斯帝國，和丟

失項鍊的罪責，到底哪邊比較重呢，蒲賽里德大人？」

蒲賽里德一下子凝住了表情，想再說些什麼的時候，站在一旁的夏憐歌卻不顧一切的跑到跟前，仰頭看著吸血鬼，扯開聲音質問：「你到底是誰！」

那人輕蔑的低下眼看著她，發出機械的笑聲。「我會是誰？」

夏憐歌抿抿脣，眉眼間盡是期望又害怕的神色。「你是……招夜哥哥嗎？」

「我不是。」那人笑了笑，面具在月色下閃著陰冷的光澤。

「既然你不是，那你又是誰呢？親愛的吸血鬼王子殿下。」

一個聲音在耳邊泛起，溫柔得幾乎讓人以為是錯覺。一瞬間，空氣中像生出漣漪來，一圈圈的往外晃蕩開去，所有人都為之一愣。

吸血鬼懷中的王女抿脣一笑，突然伸手揭開了自己的面具。蜜色的短髮像月光般灑下，儼然就是蘭薩特的臉！

夏憐歌愣了一下，頓時想起剛進禮堂時看見坐在二樓高臺上的那個人……忍不住喊出了聲：「蘭薩特！怎麼會是你！那我剛才見到跟十秋在一起的那個人是誰？」

「哎呀，哎呀——那只不過是我從話劇社拉來的臨時演員——」蘭薩特抬起食指抵在自己唇間，半晌又故意露出了苦惱的表情，嘆道：「真是一位只會給人添麻煩的任性王女啊，活動籌備到一半，她突然又說自己心情不好不來了，害我為了不搞砸舞會，只能委屈自己扮演王女的角色——」

眾人還沒從刺激中回過神來，就見蘭薩特低頭往銀色的刀刃上一吻，輕聲道：「謝謝——你的蒼蘭花。」

銀色的刀刃竟然在他的聲音中「啪」的開出花來，就像破繭而出的白蝶顫巍巍的抖動著翅膀，無數花萼綻開，一絲絲的抽出花蕊來。握在吸血鬼手中的那把銀刀，驟然變成了一束如雪般亮白的蒼蘭。

蘭薩特趁對方愣住的瞬間從他懷裡脫出來，伸手就要將吸血鬼扣住。

怎料臂膀卻被那人挾著往前一推，吸血鬼那張戴著面具的臉便湊到他眼前，鼻尖都快碰上時又忽然一低頭，竟然像隻捉到獵物的豹子一樣，微勾起嘴角露出狡黠的笑容。

蘭薩特瞬間愣住了。

怎麼回事……他的計畫不是已經失敗了嗎？為什麼還笑了？

還沒來得及反應，就覺得頸邊倏的一痛。那一刻，蘭薩特只覺得渾身脫力，踉蹌間就從騎士雕像上墜了下去。

「閣下！」

底下的蒲賽里德見狀，慌忙的衝上前去將人往懷裡一接，兩人翻倒在地蜷作一團。

雕像上頓時冷風一掠，黑色的身影跳上廣場邊的護欄，閃進樹林裡去，頃刻便不見了蹤跡。看到這一切的夏憐歌二話不說，回身就往廣場階梯上跑，拐過林道，往吸血鬼的方向追了過去。

「夏憐歌！給我回來！」蘭薩特見她隻身去追，心裡沒來由的慌亂，掙扎著就要站起來。

蒲賽里德攙了他一把，揮手示意，身後一眾騎士便急急朝夏憐歌的方向追去。

「閣下放心，不會讓他逃了。」說罷，他伸手抵在蘭薩特的頸脖上，眸色陰暗了半分。

蘭薩特感覺頸上一涼，痛得厲害，疑惑的看了一眼蒲賽里德。只見蒲賽里德將手揚給蘭薩特看，上面一片血色嫣紅。

蘭薩特一咬牙，撕下一片裙襬纏上。「沒事，帶我追上去。」

湊在他頸邊嗅了嗅，蒲賽里德皺著眉，聲音低得嚇人：「不行，這傷口裡有抗凝劑，不回去處理的話血會止不住的。閣下……」

蘭薩特卻不顧這些，憤怒的朝蒲賽里德大喊：「我說我要追上去，這是命令！」

他現在心裡只想著夏憐歌的事，居然連疼痛都顧不得了。

想到這裡，蘭薩特冷笑了一聲，忽然覺得自己實在是太瞭解夏憐歌這個人了。只要是關於她哥哥的事，哪怕只是那麼一點點無關緊要的線索，她都會拚了命去追尋。

夏招夜，夏招夜……在她心裡，這到底是多重要的一個人？

◇　◇　◇

夏憐歌跟著吸血鬼追到舊雕像公園裡，外頭的燈光和聲音都被茂密的樹叢隔絕了，儼然就是一個密封的世界，只有腳踩在乾枯樹枝和草地上的聲響摩擦著聽覺，地上一堆凌亂的雕像碎片，在這森然的夜色中顯得異常可怖。

她卻絲毫沒有放慢步伐，就算根本見不到人也一直朝著一個方向奔跑。

忽然，少女猛的一頓，目光掃到一個黑影，定定的站在那個巨大的鳥籠雕像之前，像是石

人一般靜靜佇立著，連披風都紋絲不動，臉上的面具在昏暗的森林中看起來分外猙獰。

夏憐歌停了下來，望著那人重重喘氣。

「你是誰……」

對方像是沒聽見一樣，一聲不吭，彷彿與身後的鳥籠雕像化為一體。

「你到底是誰？是招夜哥哥嗎……」

聽見這話，那人突然笑了起來，脣邊漾開了溫柔的神色。

「是我。」

他張開手來，朝夏憐歌輕輕的笑。「過來吧，是我。」

「哥哥？真的是哥哥？」那一瞬間，夏憐歌覺得這兩年來的委屈全部湧上心頭，她幾乎想要哭了出來，連聲音都微微的發顫。

就在她踏出腳步，正要朝那道影子邁去之時，身後忽然響起蘭薩特的聲音。

「別過去，夏憐歌！」

少女一驚，還沒回過神來，就感覺一襲黑影夾雜冷風直撲而上。她下意識的側身躲避，沒想到重心一失，整個人向後倒去，摔在地上。等回過神時，露出狂氣笑容的吸血鬼以及他胸前的吊墜已經近在眼前，那一簇蒼蘭也隨著破空之音揮了過來。

她條件反射的抬手去擋，剎那間眼前花瓣紛飛，猛的手臂上一股灼熱的痛感湧了出來。

那束蒼蘭一染血就像洩氣的氣球一樣瞬間委頓，接著現出銀色的刀刃，直衝她的頸動脈刺了過去。

夏憐歌愣在了原地，已經無暇去顧及其他，她看著那閃著冷光越來越近的刀刃，絕望的閉上了雙眼。就在這個時候，如同之前與愛麗絲對戰時一樣，夏憐歌胸前的項鍊忽然發出了「劈啪」的聲響，一陣白光如破曉的日出般將四周照得通透明亮，讓夏憐歌忍不住抬手掩住了自己的雙眸。

似乎沒有預料到會發生這種事，吸血鬼稍微露出了吃驚的表情，但他仍舊強忍著那道刺眼的亮光，繼續朝夏憐歌的頸邊刺過去。然而手一動，他掌心中的匕首卻像被什麼堵住了一般，再也前進不了一步。

白光像消融的雪一樣漸漸的散了，預料中的疼痛與生命流失的無力感並沒有降臨，夏憐歌有些困惑的緩慢睜開了雙眸。

少年堅毅的背影擋在自己面前，晚風將他黑色的髮絲拂了起來，露出了他的側臉以及白皙的脖子，在冰涼的月光下，如一個精緻的瓷偶。

「招夜……哥哥？」夏憐歌幾乎是脫口而出。

可是下一秒她就覺得不對勁了，那人的頸項上沒有戴著自己送給哥哥的吊墜——他是之前那個「夏招夜」，並不是真正的招夜哥哥。

但是他為什麼又會突然出現在這裡？

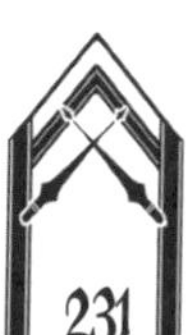

夏憐歌捂著剛剛被刺傷的手臂，搖搖晃晃的站起身，發現吸血鬼朝自己揮過來的匕首，竟被眼前這個「夏招夜」徒手擋住了。

她滯了一下。護在自己面前的少年用雙手握住了刀刃，額上滲出了細細的冷汗。有液體從他的手掌裡蜿蜒而下，但卻不是紅色的，而是微微泛著銀的細小沙礫，落在空中，便立即被風吹散了開去。

匆匆忙忙趕過來的蘭薩特看到這景象也跟著呆住了。吸血鬼皺起眉「嘖」了一聲，也不退開，加大了手中的勁道一揮，將「夏招夜」往旁邊甩了開去，又馬上抬起匕首劃向夏憐歌的脖子，動作快得像一隻俯身衝刺的獵豹。

夏憐歌也不知道他為什麼這麼想置自己於死地，慌張的往後退，但是已經來不及了。正要衝上去的蘭薩特只能眼睜睜的看著銳利的刀尖刺進夏憐歌的喉嚨——

匕首刺進一個堅硬的物體裡，匡啷一響。

那聲音像在萬籟俱靜的深夜裡忽然落下的一滴血滴，並不刺耳，卻震得所有人心裡一驚。

夏憐歌呆滯的看著哥哥送給自己的那條項鍊，彷彿有生命般的躍了起來，為自己擋下了那致命的一刀。六芒星吊墜鍍銀的邊角碎成了銀末散開在半空中，像一幅放大了的絢麗星空，美得讓她差點落淚。

「糟了！」吸血鬼突然低喊了一句，連忙收回匕首，伸手就要去搶那已經碎開的項鍊，然而「夏招夜」不知何時已經移到了他身旁，拳頭就往他臉上揮了過去。

正要去搶項鍊的吸血鬼意識到這一拳，瞬即條件反射的往旁一躲，拳風只微微掀開了他臉上的面具。吸血鬼煩躁的「嘁」了一聲，也沒再進攻，抓緊身上的斗篷，便迅速的往身側的樹林裡閃了進去。

蘭薩特正要追上去，但看著手臂還在流血的夏憐歌此時一副面目呆滯的模樣，只能稍稍的皺起了眉，吩咐跟在自己身後的蒲賽里德帶人去追那隻逃跑的吸血鬼，自己則邁動步伐往夏憐

歌那邊移了過去。

夏憐歌跪在地上，雙瞳無神的看著散落在地的項鍊，眼淚像掉了線的珠子一樣簌簌而下。

「夏招夜」蹲在她身邊，一言不發的看著她哭，然後抬起衣袖去擦拭她那漫過臉頰的淚水，像是哥哥哄勸著鬧彆扭的妹妹似的。

——對，像是哥哥。他終究不是真正的夏招夜。

少年看著夏憐歌一邊哭、一邊伸手去撿地上碎開的六芒星和項鍊掛扣，無奈的嘆了口氣。

「算了，都壞了，就這樣吧……」少年拉住她的手，嘴角抹起一絲苦澀的笑，將她的手攏在自己的掌中。「壞了就別要了。」

「怎麼可能不要！你懂什麼啊！這可是哥哥……可是哥哥……」這可是他留給自己唯一的東西啊！

她發了瘋似的揮開「夏招夜」的手朝他大喊，聲音哽咽得幾乎說不出一句完整的句子。

可是當她抬起頭看向半跪在自己面前的少年時，手上的動作卻一下子停住了。

漫天月華之下，面容蒼白的少年身上泛起了奇異的微芒，有什麼東西從他頭頂開始往下緩緩褪去，觸到空氣，便化成了無數泛起銀光的細小碎片，如雪一般懸浮在他周圍。

那是一層偽裝，讓他變得與夏招夜一模一樣的偽裝。

流轉的浮光讓少年原本的容貌漸漸顯露出來，他淡色的瞳孔裡有著兩枚六芒星圖形，脣角勾起的笑容依舊寵溺又無奈。

「我本來還以為，要是我變成夏招夜的樣子，或許就可以代替他陪在妳身邊了。」他銀白色的頭髮彷彿要融在月色中，臉上泛起了淡淡的笑。「可是看來，果然還是不行的吧。」

夏憐歌一動不動的看著他，有無數疑問哽在喉間，卻一句話也說不出來。

身旁的蘭薩特驟然想起之前發生的種種，頓時露出了一臉恍然大悟的表情。「原來如此，你是寄居在夏憐歌項鍊上的靈嗎？」

銀色的少年也沒回答，依舊目不轉睛的看著呆愣中的夏憐歌。

「當夏招夜將我送於妳的那一刻起，我就一直看著妳，原本以為，今後我也將這樣一直看下去。」少年這麼說著。下一瞬，他的身體如同燃盡的星火般開始逐漸變得稀薄，圍繞在他身旁的螢火倏的朝四周飛散了開去。「——但是現在，連這都變成了一個遙不可及的奢望。」

那人溫柔的眉眼剎那間與夏招夜重疊了起來，夏憐歌條件反射的朝他伸出手去，但是卻撲了個空。

「親愛的主人，我走了。」他低頭吻在夏憐歌的眉間，溫柔的像是初冬的雪花，觸手即逝。「拉斯維亞愛妳。」

銀白色的身影融化在空氣中，再尋不著蹤跡，唯獨剩下夏憐歌跪在寂靜的草地中央，如同虔誠的信徒朝天而望。

光景似乎就這麼定格住了，彷彿那個人從未出現過，也從未離開過。

她看著滿地的項鍊碎片，剛剛才止住的淚忽然又安靜的落了下來。

◇◇◇

萬聖節舞會的第二天，那些失蹤的交換生們全部毫髮無傷的出現在教學樓前的廣場，只是對於被襲擊一事，她們卻一點印象都沒有。

既然學生都回來了，帕蘭特斯帝國那邊也沒理由再說什麼，在結束了交流學習之後，交換生們便帶著那條昂貴的「布里辛克」項鍊離開了薔薇帝國學院，回到自己的學院去了。

萬聖節舞會上的展覽活動雖然算不上成功，但因為儲君們先前的準備，倒也沒讓項鍊有所損失，那名咄咄逼人的少女使節也沒有再擺臉色給蘭薩特看了。

在這之後，吸血鬼便像是蒸發了一樣從此銷聲匿跡，那場風波鬧劇也就漸漸的淡了下去。

夏憐歌托著腮，一動也不動的凝視著擺在桌上的六芒星項鍊遺骸，表情隱藏在垂下的瀏海之中，看不清楚究竟在想些什麼。

一旁的蘭薩特看她這般安靜的模樣，不知為何總感覺渾身不自在，過了好一會兒才像是下定了決心，撇撇嘴彆扭的開口：「……抱歉，其實在愛麗絲那時，我就知道妳那條項鍊不是普通的物品，但我當時覺得知道這事的人應該不多，也就沒有鄭重其事的將它保護起來……」

他皺起眉，有些煩躁的用手撥了撥披在肩上的髮。「而且這次一開始，吸血鬼襲擊的是帕蘭特斯交換生，我也就順其自然的認為他想要的是那條『布里辛克』。沒想到這只是他聲東擊西的方式，其實他的目標是妳的項……」

夏憐歌突然開口打斷他的話，將一枚六芒星碎片舉到眼前，定定的盯著：「你之前說過，那個人是寄居在這條項鍊上的靈？」

「嗯？」蘭薩特愣了好一會兒，才搞清楚她口中的「那個人」是誰，垂下眼點了點頭，解

釋道：「我之前在埃里的店裡也說過了，有些物品，在不知不覺中承載或寄託著他人各式各樣豐富的情感，時間一久，便會衍生出靈魂來。那位少年應該就是妳這條項鍊的靈魂了。」

不過……

說到這裡，他又困惑的撫著下巴。通常只有那些在時光長河裡沉澱了數百年的物品才能生出靈魂來，為什麼夏憐歌的這條項鍊……

「靈魂……嗎？」夏憐歌反手一握，將那枚碎片深深的埋在掌心之中，碎片尖銳的稜角磨疼了皮膚，她卻好像什麼都沒有感覺到。

那位有著銀白色頭髮的少年半跪在落滿月光的草地上說，我一直在看著妳，一直在妳所看不見的地方，深情而又絕望的看著妳。

所以他清楚的知道所有發生在她身邊的瑣事；所以在她遇到危險的時候，他會奮不顧身的跑出來保護她；所以他知道她對夏招夜的感情，知道她在尋找的過程中是多麼的熱切與焦灼。

所以他希望自己可以代替夏招夜陪伴在她身邊，為的是讓她得到一點微小的寬慰。

那一夜的星辰浩瀚得如一片無邊無際的大海，少年親吻著她的額頭說，拉斯維亞愛妳。

拉斯維亞，拉斯維亞……

夏憐歌低低的唸了幾聲。

原來你就是一直在我身邊守護我的拉斯維亞嗎？

這麼好聽的一個名字，她卻再也無法呼喚他了。

夏憐歌的雙眸黯了黯，微微的握緊了雙拳，又抬起頭來問蘭薩特：「為什麼吸血鬼想要搶我這條項鍊？」

不知為何，看著夏憐歌如此重視那條項鍊的表情，蘭薩特總覺得自己有點不爽，但具體為啥不爽他又說不出來，想別過頭也因為受傷的脖子被纏了一圈厚厚的繃帶，連動都不能動。

夏憐歌不明所以的看著他鬧彆扭的樣子，走過去將他茶杯裡的紅茶滿上。

臉色因為她的這個舉動有所緩和，蘭薩特撇了撇嘴：「……擁有靈魂的物品是很好的ESP增值器，吸血鬼的目標應該是這個。」

「這樣啊……所以埃里的『月羅』也被搶走了。」說到這裡，夏憐歌又有些不解的開口問道：「可是，如果他想要的是ESP增值器的話，為什麼不連埃里店裡其他的寶石也一併奪走呢？而且，你的『波塞冬』不也可能成為他的目標嗎？」

「妳已經見過埃里那個討人厭的傢伙了啊？」彷彿想起什麼令人不快的事情般，蘭薩特咬了咬牙，低聲碎碎唸道：「真是的，這次沒辦法把他的東西找回來，又不知道得被他怎樣抱怨了。」

過了好一會他才抬起頭來，盯著夏憐歌，回答她的疑問：「擁有情感的物品和擁有靈魂的物品其實並不完全相同，前者雖然具有一定的力量，可是並沒有強大到足以使ESP增值的地步。這麼說吧，只有衍伸出靈的物品——就好比埃里的『月羅』和妳的『拉斯維亞』，才能夠成為ESP增值器。」

說著，他又輕輕的斂起了眉梢。「說起來，前來搶奪項鍊的傢伙應該也不是吸血鬼，因為非自然生物是會受到ESP能量影響的，就像之前的幽靈愛麗絲，但是那個人在搶項鍊的時候卻一點顧忌都沒有。」

原來如此……所以之前在幽靈車上，那群怪物才無法傷她半分。

「那你的意思是……？」

「那隻吸血鬼是人類假扮的。」蘭薩特舉起擺在桌子上的茶杯，有些不屑的微勾起嘴角，冷冷的說：「學院裡會做這種事的人，果然也只有黑騎士聯盟了啊。」

語畢，他拿著杯子的手就要往唇邊湊，卻因為脖子的傷而不能移動頭部，動作顯得無比滑稽。夏憐歌看不過去，一把將杯子奪了過來，依著他身邊坐下，沒好氣的說道：「我餵你好了。」

蘭薩特古怪的看了她一眼，就著她的手啜了口紅茶，皺眉道：「太燙。」

夏憐歌的眼角跳了一下。

……好吧，我是有憐憫之心的，也懂知恩圖報。

這麼想著，夏憐歌拿過勺子往茶杯裡攪拌兩下，又吹了吹。「好了。」

蘭薩特喝了口，又委委屈屈的擰著眉。「太涼了……」

「你……！」

夏憐歌正要發作，就看見這平時飛揚跋扈的傢伙擺出一副可憐兮兮的表情，心想算了，給他重新換熱的！

結果茶還沒泡好，夏憐歌就聽見蘭薩特說：「我要吃蛋糕，妳說餵我的……」

夏憐歌轉身摔了杯子。「夠了，混蛋，別得寸進尺！」

蘭薩特「嘁」了一聲，瞬間故態復萌。「我就看妳能裝賢淑溫柔到什麼地步。」

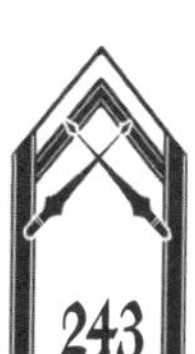

「……對你這種吹毛求疵的人能溫柔賢淑得下去才有鬼好嗎？」夏憐歌的嘴角抽了一下，將自己那條碎掉的項鍊收拾好，轉身就走。

「等……等等，我開玩笑的！」看這陣仗，蘭薩特連忙叫住了她，待對方回過腦袋盯著自己時，又有些彆扭的用手撥了撥髮絲。「我、我一定會查出黑騎士聯盟的真面目，妳放心好了。」

說完，他又像後悔了似的，假咳了一聲就轉過椅子背對著她。「這是為了學院的安定！可不是為了妳，別自作多情喔。」

「是是是，尊貴的蘭薩特閣下才不屑為我這種人做任何事呢。」話雖這麼說，但夏憐歌的嘴角卻情不自禁的揚了起來。

推開門走出事務廳時，她仰起頭來深呼吸了一口氣，將項鍊碎片舉至眼前——

拉斯維亞，謝謝你為我所做的一切，但現在還不是我可以沮喪的時候。失蹤的哥哥還沒有任何線索，黑騎士聯盟的存在也是一個難解的謎。總有一天，我會變得足夠強大，我會揭露這些陰謀，讓真相全部顯露出來。

我不會辜負你對我的情誼的，拉斯維亞。

《少女騎士の華爾滋圓舞曲·項鍊與萬聖吸血鬼》完

敬請期待更精采的《少女騎士03》

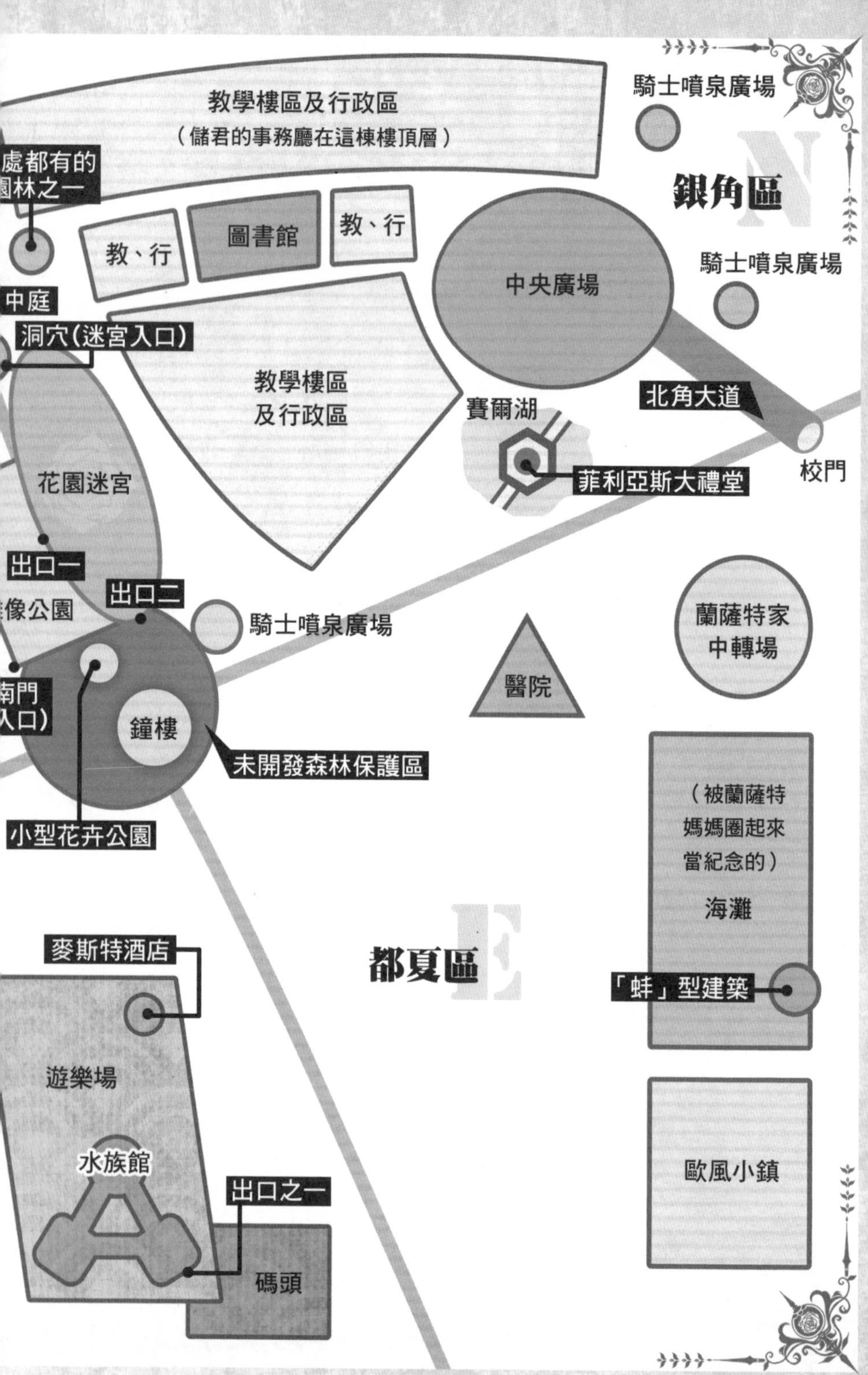

教學樓區及行政區
（儲君的事務廳在這棟樓頂層）
處都有的
園林之一
教、行
圖書館
教、行
騎士噴泉廣場
N
銀角區
騎士噴泉廣場
中央廣場
中庭
洞穴(迷宮入口)
教學樓區
及行政區
北角大道
賽爾湖
菲利亞斯大禮堂
校門
花園迷宮
出口一
出口二
像公園
騎士噴泉廣場
蘭薩特家
中轉場
醫院
南門
入口)
鐘樓
未開發森林保護區
（被蘭薩特
媽媽圈起來
當紀念的）
海灘
小型花卉公園
E
麥斯特酒店
都夏區
「蚌」型建築
遊樂場
水族館
歐風小鎮
出口之一
碼頭

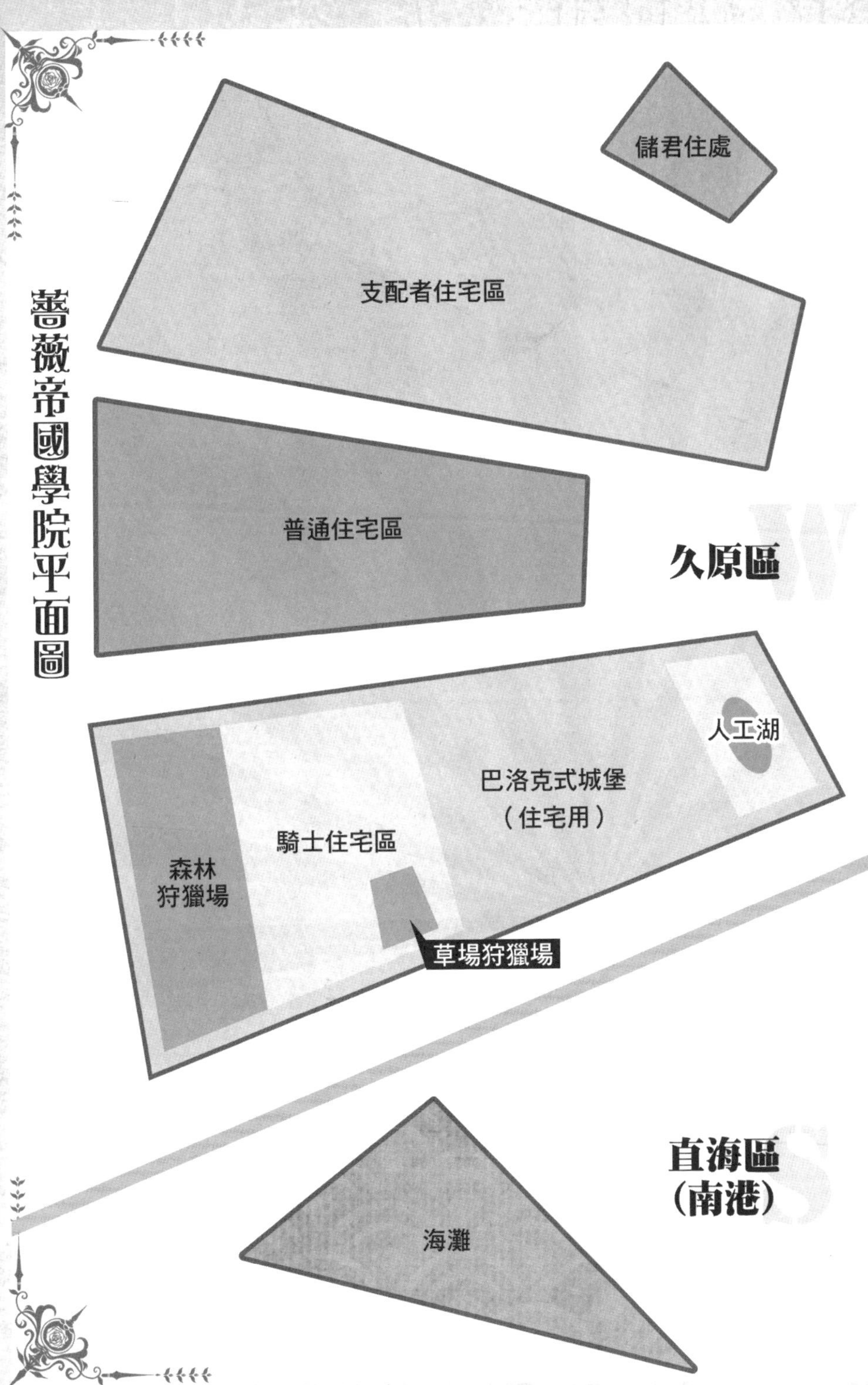
薔薇帝國學院平面圖
儲君住處
支配者住宅區
普通住宅區
久原區
W
人工湖
巴洛克式城堡
（住宅用）
騎士住宅區
森林
狩獵場
草場狩獵場
直海區
（南港）
S
海灘

小媽之冠蓋滿京華

媽媽乖～
我們會一輩子
守著妳！(?)

不思議特報
《現代魔法師》套書好禮相送!!

你知道錯了就好，趕快跪下來向本小姐道個歉，
我就當作不在乎你剛才那樣對我大呼小叫了。

吐槽系作者 **佐維**＋知名插畫家 **Riv**

正港A臺灣民間魔法師故事

《現代魔法師》驚爆登場！

活動辦法

凡在安利美特animate購買
《現代魔法師》全套八集，
在2014年6月10日前（以郵戳為憑）
寄回【全套八集】的書後回函，
以及附上安利美特購書發票影本、
或是於回函上加蓋安利美特店章，
就能獲得知名插畫家Riv繪製的
「現代魔法師超萌毛巾」一條，
準備與泳裝萌妹子一起清涼一夏吧！

備註：
1.可以等收集完八集的回函與發票或店章後，再於2014年6月10日前寄回。
2.主辦單位有權更改活動規則。

華文聯合出版平台
www.book4u.com.tw

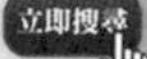

飛小說系列065

少女騎士02

少女騎士の華爾滋圓舞曲

出版者■典藏閣
作　者■夏澤川　繪　者■MO子
總編輯■歐綾纖
製作團隊■不思議工作室　代理出版社■廣東夢之星文化
郵撥帳號■50017206 采舍國際有限公司（郵撥購買，請另付一成郵資）
台灣出版中心■新北市中和區中山路2段366巷10號10樓
電　話■(02)2248-7896　傳　真■(02)2248-7758
物流中心■新北市中和區中山路2段366巷10號3樓
電　話■(02)8245-8786　傳　真■(02)8245-8718
ISBN■978-986-271-389-1
出版日期■2013年9月
全球華文國際市場總代理／采舍國際
地　址■新北市中和區中山路2段366巷10號3樓
電　話■(02)8245-8786　傳　真■(02)8245-8718
新絲路網路書店
地　址■新北市中和區中山路2段366巷10號10樓
網　址■www.silkbook.com
電　話■(02)8245-9896
傳　真■(02)8245-8819

☞您在什麼地方購買本書？☜

1. 便利商店（________市／縣）：□7-11　□全家　□萊爾富　□其他________

2. 網路書店：□新絲路　□博客來　□金石堂　□其他________

3. 書店（________市／縣）：□金石堂　□誠品　□安利美特animate　□其他________

姓名：________地址：________

聯絡電話：________　電子郵箱：________

您的性別：□男　□女　　您的生日：西元________年________月________日

（請務必填妥基本資料，以利贈品寄送）

您的職業：□上班族　□學生　□服務業　□軍警公教　□資訊業　□娛樂相關產業

□自由業　□其他________

您的學歷：□高中（含高中以下）　□專科、大學　□研究所以上

☞購買前☜

您從何處得知本書：□逛書店　□網路廣告（網站：________）　□親友介紹

（可複選）　□出版書訊　□銷售人員推薦　□其他________

本書吸引您的原因：□書名很好　□封面精美　□書腰文字　□封底文字　□欣賞作家

（可複選）　□喜歡畫家　□價格合理　□題材有趣　□廣告印象深刻

□其他________

☞購買後☜

您滿意的部份：□書名　□封面　□故事內容　□版面編排　□價格　□贈品

（可複選）　□其他

不滿意的部份：□書名　□封面　□故事內容　□版面編排　□價格　□贈品

（可複選）　□其他

您對本書以及典藏閣的建議________

____

____

✌未來您是否願意收到相關書訊？□是　□否

✎感謝您寶貴的意見✎

印刷品

$3.5
請貼
3.5元
郵票
不思議信箱
FUSIGI POST

235 新北市中和區中山路二段366巷10號10樓

華文網出版集團　收

（典藏閣－不思議工作室）

夏澤川 著

MO子 繪

飛小說。
We Love
Easyfly.